德國時間

陳玉慧

To Michael Cornelius

獻給明夏我丈夫

【推薦序】

不是每個人都穿皮褲在街上走

明夏

德國，對中文讀者而言，應該是個古怪奇特的地方吧。那裡的人在冬天還穿皮褲在街上走，或者都開著大型賓士或BMW，在綠地，在藍色的湖邊，甚至在黑森林，背景常是阿爾卑斯山，房子都像路易二世蓋的新天鵝堡，前院都站著許多花園侏儒，餐館的盤子裡都是份量多的豬腳或烤肉，馬鈴薯球，啤酒都是一杯一公升，一喝就好幾杯，還配心形麵包Bretzeln，一直都是Bretzeln，然後乾杯，大家都一樣，希特勒的跟隨者也一樣乾杯，只是他們伸出手臂敬禮，這些都是屬於德國的既定印象。

但十幾年前，我開始認識台灣時，不也有一些既定印象嗎？蔣介石和毛澤東的鬥爭，後來則是李安電影的飲食男女，我一直都不很清楚那裡的眞實狀況，因爲，沒有一個西方特派員像陳玉慧那樣寫德國般地寫台灣。台灣讀者比我幸運吧，她的歐洲散文報導，觀點開放，角度有趣「大膽」詩意，有藝術傾向，文字感強，斷句簡潔，政治性高，具啓發力，令人振奮。總而言之，一個散文小說寫得這麼好的人來寫歐洲報導，何況在新聞表現上比誰都專業，怎麼不令人期待？

我曾經一度以爲我的妻子陳玉慧是台灣政府派來德國臥底的官員，在她的特派員生活中，她什麼都涉獵，什麼都明白，什麼都參與，她是我所認識第一個使用電子網路的人，早在九〇年代初，那時用 compuserve，有個簡陋的伺服器叫 mosaik，那時她也有手機，一根硬重的西門子骨頭，家裡三個電話，兩個電腦，電話傳眞響個不停，郵件也多得不得了，她總是在路上，不是不萊梅便是巴黎，大馬士革或巴西與非洲，我從她的生活看到特派員生涯的不可思議。

我常對我妻子的敏銳及在緊急狀況下的應變能力大感吃驚，我自己在德國媒體工作那麼多年，從未看過任何人比她更快，比她更會寫，沒有，她是最傑出的特派員，可能也是舉世最獨特的特派員。

她寫德國，不管詮釋，報導甚至採訪，都最專業及權威。陳玉慧總是早別人一步，甚至好幾步，她最早便發現德東光頭族，去訪問那些暴戾青年時，那時我不在，不然我可能會阻止她，她去過許多戰爭現場，也訪問過軍火工廠老闆，歐洲各領域的社會菁英，她見過的總統與世界領袖多到數都數不清。

陳玉慧寫德國，她看到德國人戰後的自覺與自省，罪惡與道德的掙扎，歷史與責任，即便在世足杯舉國歡呼時，也有人伸出手指要大家安靜，要德國人不要發揚光大這種愛國主義；陳玉慧經常從文化及歷史的角度看待社會事件，她的觀點使她的文章總具有無與倫比的可讀性。

陳玉慧開始報導德國時的德國是波昂共和國，那是暮氣沉沉的波昂小鎮，總理是那位跟恐龍一樣古老的柯爾，陳玉慧留在慕尼黑，她從這裡寫德國，寫歐洲，寫世界，她很快認知巴伐利亞的疏離和美感，從這裡你可以把德國看得更清楚。今天的柏林是生長中的柏林，歷史潮流中的柏林，「大人」們的柏林，但納粹還在，尤其在東邊，「猶太禁區」也還有，外國佬滾出去的小鎮也還有。

她不只報導納粹，她也訪問藝術家，導演，作家和政治家；德國左派總理施洛德，便是她第一個做訪問，在當選前夕，她和他聊天，注意到這個人談話老摸著鼻子。她什麼人都訪問過，譬如爲海珊蓋地下碉堡的德國工程師，她對碉堡內的沙發和窗簾那麼有興趣，還追問那些絲綢到底從哪裡來的？德國文化究竟是什麼？德國人的價值觀在那裡？德國人自己也必須問，德國是否是令德國人驕傲而他國人防衛的德國？德國文化是否便是我們所知道的德國文化？白香腸 Bretzeln 和豬腳或者啤酒？食物還是語言？音樂還是詩？我從陳玉慧口中所知道的德國，使我重新認識德國，她讀過的德文經典作品比我還多，我還必須招認，我從她那裡重新開始接觸德語文學。

我認爲像陳玉慧這樣以作家之外來凝視可以喚醒自滿又不滿的德國民族心靈，我隨著陳玉慧的眼光，重新看一遍這個我所出生之地，我開始眞正了解德國。

（明夏：德國媒體工作者、作家。）

1. 狂潮

2. 現象

3. 焦點

4. 現場

1.

狂潮

世界正在看這些人，
自戀族、無性族、省錢族、撈女族……
每個族群要發聲，要佔有一席之地。

高爾夫世代

德國新一代風起雲湧，目前號稱的高爾夫世代（Golf Generation）已經取代九〇年代的雅痞族。所謂的高爾夫世代指的是三十歲至三十五歲的世代，是一個單身主義世代，主張不婚及不生小孩，大多數的人不太在乎事業和金錢，因爲他們的父母只有一或兩個孩子，未來的遺產會使他們不必爲後半生憂愁。

這些人會爲了看義大利歌劇，而搭飛機去維洛納，也有可能爲了品嚐中國飲茶而特地前往香港過長週末，他們偶爾服用大麻偶爾吃一顆搖頭丸，注重穿著品牌，但也講究生活樂趣。最重要的，他們不執著於婚姻，更沒有意願生孩子。

這兩年來，這一類鼓吹三十歲世代思想的作品相繼上市，網路上類似的討論和張貼也愈來愈廣泛。這股風潮是受到德國女作家卡蒂雅．庫曼（Katja Kullmann）的作品《艾莉世代》（*Generation Ally*）的影響，但庫爾曼的作品也受到強烈批評，有人認爲庫爾曼筆下的人物多是來自中上階層家庭小孩長大後的無謂反叛，與許多年輕一代飽受失業折磨或有志難伸的眞實人生並不相同。不過庫爾曼的論點得到不少認同，佛洛李安・依里斯（Florian Illies）繼而在其作品《高爾夫世代》（*Generation Golf*）效法高呼，且引發更多話題和論戰，他立刻出版高爾夫世代續集，兩本都是暢銷書。

目前德語系作家關於此類論述的作品至少有三十幾本。絕大多數是作者的第一本書，三十歲族群似乎對時間相當敏感，有別於嬉皮與雅痞世代。其中，瑞士作家羅爾夫・杜別里的《35》以小說形式寫出一位現年三十五歲的公司主管對時間及生命的焦慮，他說，人一到三十五歲就被釘住了，不但被工作和網路佔據時間，書讀得愈來愈少，還有朋友也愈來愈少，這個世代不但消費傾向嚴重，且比過去任何世代都更認爲時間便是金錢，消逝得太快。

德國作家約亞辛・貝欣（Joachim Bessing）的《我們機器》談的也是三十歲左右的人生，他認爲這個世代的人右手持信用卡左手持手機，生活形式已進入高等機械模式。但很多人嫌貝欣毫無幽默，依里斯在《高爾夫世代》一書中，開宗明義地指出此世代的生活態度，他們的父母多多少少參與過六八年學生運動，如果說那一代對性交的態度非常開放，而這一代則更無所謂，以至於無感。人生態度有點像阿米巴變形蟲，單性繁殖，有愛固然好沒有也可以自己活下去，他們不在乎一夜情，也不一定要與誰長相廝守。

他們從小便習慣物質生活，高中畢業時就可以從父母那裡得到畢業禮物——大眾汽車公司（VW）出品的高爾夫（Golf）型車，這是這個世代的象徵，他們不需太爲事業或金錢憂慮，因為他們的父母趕上德國經濟奇蹟，多半從中獲益，不但以後財產都會留給他們，目前就可以在物質上協助他們。

高爾夫世代也比過去更獨立和個人化，他們懂得享受人生，尤其醉心流行文化，懂得投資自己，追求精神生活，對改造社會只有一點點的耐心，絕不會去搞激烈革命。

麥尼西・法特瑪（Mernissi Fatema）在他最近出版的《小高爾夫世代》（*Generation Mini Golf*）一書中確切地指出，三十歲世代的人已走入單身世代，他們的父母過去只生一個或兩個孩子，但三十歲世代的人不但不想結婚，連一個孩子也不想要。還有人認為，非洲的饑童已經夠多了，實在不必再自己生孩子。

三十歲女作家群持相同觀點的也不在少數，Zoe Jenny 和 Birgit Vanderbeke 認為做三十世代的女人不是簡單的事，因為三十歲世代比以前的女人更獨立和重視物質生活，而嫁一個有錢人或醫生已不再是很多女生的夢想，三十歲世代女性追求自我生活，為了自由寧可未婚或不婚，比過去更反對做家庭主婦。

這群標榜高爾夫世代精神的作家不少出自媒體工作者，依里斯任職法蘭克福廣訊報副刊，馮古蒂在《星球週刊》負責娛樂明星專訪，而寫《*Hey Hey Hey*》一舉成名的瑞貝卡・卡沙提（Rebecca Casati）也在南德日報擔任流行時尚編輯。茱蒂絲・赫爾曼（Judith Hermann）也曾擔任廣播電台記者。

德國高爾夫世代最具代表性的新銳作家是尤荻特・赫爾曼，她的處女作一鳴驚人，《夏之屋，再說吧》以動人文筆描述此世代人物的生活，人物崇尚獨立自由但對社會相對冷漠，他們像游牧一樣地聚在一起，但很多時候也自己一個人活著，一個單性世代，一個阿米巴變形蟲的世代。

狂飆的一代來了

七月十四日下午，柏林布蘭登堡門前的廣場上約聚集了六十萬以上的年輕人，人群擠到廣場四通八達的大路上，四十輛遊行車上架著各兩萬瓦的音響，整個下午播放著電音音樂（Techno Music），來自世界各地的年輕人無不奇裝異服，個個沉浸在心臟幾乎無法負荷的超速音樂中狂舞。

這便是這幾年盛行的「愛的遊行」（Love Parade），由於宣稱遊行，又有眾多年輕人參與，盛況不亞於美國嬉皮時代的伍德斯托克（Woodstock）節，直追巴西嘉年華會，已成爲本世紀末的招牌景觀。

一九八九年的同一天，本來一些人只想在柏林鬧區街上舉行音樂派對，便以「愛的遊行」名義向警察局登記遊行，一百五十多人持著「我們要愛、和平及蛋糕」的布條，其實只是公然在街頭上盡興飆舞。隔年，一樣的活動已有兩千人參加，到了去年已有三十萬人參加，儘管許多柏林居民激烈抗議，「愛的遊行」已到了無「法」取消的地步。

其實，不但無法取消，政客也不敢得罪這一大批據說有好幾百萬的選民，他們是新的聲音，新的消費者，廣告公司緊釘著的目標群，他們是狂飆文化（Rave-Culture）的代言人，他們就是「狂飆」（Raver）的一代！連教堂都開始以科技音樂來為年輕信徒洗禮，德國的文化代言中心歌德學院都說，「狂飆文化」是德國目前對外最強大的文化輸出。德國的狂飆一代自辦報紙和自印書籍，自製流行服裝和電腦音樂，他們宣稱愛好和平，閱讀數位化電子報紙，他們是經歷圍牆倒塌和見證德國統一的孩子，不願長大但卻已長大的孩子。

也有人預言，要不了多久，德國眾議院將很快出現「狂飆黨」，政見便是狂飆文化更普遍化。這些狂飆的年輕人究竟有何政治主張呢？在六八年，青年學生群集遊行，他們要求反資、反帝制及反戰的左派政治理想。將近三十年後的年輕人聚集在一起舉行「愛的遊行」，口號是「我們都是一家人」，要求愛與和平，或者要求的便是飆舞有權。仔細觀察，其中並沒有任何政治思想或主張，有的只是參加派對心態，抱持的不外好玩的心理，企圖在超高、超速的巨大音樂中得到狂喜，其中更有大部分人以吸毒為手段；「愛的遊行」在短短幾年中，已成為最大的音樂及其附屬產品（流行服裝）和毒品的直銷市場。

而「狂飆文化」又是什麼？社會學家說，狂飆文化融合七〇年代的嬉皮文化及八〇年代的雅痞消費文化，也就是介於左派與右派的中間。基本上，狂飆文化沒有具體內容，因為沒有任何政治思想，因此強調狂喜狂樂，在巨大分貝的音樂狂舞中不必言語，其實明眼人都可以為這群狂飆者定義出這樣的口號：「閉上你的嘴巴，打開你的頭腦」或「做點什麼，做你自己」。但是，狂飆者自己不清楚，他們還無法替自己的思想歸類，而因無話可說，沒有東西可以表達，只能窮嚷愛與和平。狂飆文化沒有大腦，如同其音樂一般，一切電腦化，所有的音樂都是由電腦合成而來，而狂飆文化的理想性又雷同於烏托邦化的聯合國口號「世界一家」，如此不實際及空洞，更徹底地說，狂飆文化只是變相的金錢文化而已，而狂飆文化便是世紀末文化。

狂飆的一代來臨，享樂的一代也來臨了。

（一九九九）

大家都是 Jackass！

Breakdancing 又回來了。如果你知道什麼是 Breakdancing 。現在西方流行的是歐日混合式小舞台，舞台上有通電踏板，踏板又結合螢光燈，Freestyle，當然，當然，尤其是東京秋葉原的街頭舞步。

以前他們都愛看 Beavis And Butthead，兩個智商超級低，品味也超級俗的卡通傢伙，以嘲謔主流娛樂和政治人物爲主旨，現在男生改看 Celebrity Death Match Show，名流人物一一化身傀儡登場，相互攻訐敗壞，不死不止，肝腦塗地。女生從來不喜歡暴力，在 Hello Kitty 過氣後，現在是「怪女孩愛蜜麗」Emily The Strange 當道：她總是穿黑的，且只喜歡獨身。

Courteny Love 和冰島女歌星碧玉都欣賞怪女孩愛蜜麗，她們穿過那樣的T恤，在漫畫書中，怪女孩愛蜜麗是聰明的、幽默、強悍及富創造力，她跟任何人都不同，「別吵我！」「我沒有問題，我的問題便是，你！」愛蜜麗吸引了太多的女孩，或者太多的女孩認爲自己正是那樣的怪女孩。現在，怪女孩愛蜜麗有一個好朋友了，她叫哇哇黛絲（Oopsy Daisy），在T恤上，哇哇黛絲說：「哇，重金屬傷人」（Ouchy, heavy metal hurts !），或者雙關語如：「哇，我頭沒了！」（Oops I lost my head !）

他們愛吃Cyber糖，滿大部分的人刺青，Piercing，染髮，不少人開始騎摩托車，尤其是義大利比雅久牌和Gilera Runner SP50，這群人叫Pedheads，年輕男孩崇尚的制服還是連帽夾克及運動褲，這叫Tracksuit，那些人受不了穿剪裁合適貼身衣褲的人，他們說那簡直便是衰老的象徵。

十年前柏林開始流行「愛的遊行」（Love Parade），所謂愛的示威，其實是銳舞（Rave）有理，每年夏天都來一次，最高潮時刻，每一年有一百多萬人參加，擠滿東西柏林街頭。現在不只柏林，歐洲各地都有Three-day Weekend Party，在西班牙蜜月島或Ibiza，更遠一點在希臘的小島，愈來愈多人從俱樂部（Clubs）移身到露天戶外去度銳舞週末假期。

以前很多阿貓阿狗想當DJ，現在不會了。比較流行自己唱歌當歌星，西方青少年在二十多年後，才發現卡拉OK也滿好玩，如果你看不慣辛納屈沒關係，麥克風在這裡，你要當瑪丹娜也行。你只要走上去。有膽便成。你便是明星。

受到世界盃足球賽的影響，英美和歐洲各地甚至日本和韓國，年輕人喜歡穿印有足球隊名的T恤和球鞋，日本年輕人喜歡從來毫無表現的克羅埃西亞或義大利隊，因爲那些隊伍更有個性且東方人應該支持次主流隊伍。這個想法也受到歐洲青少年歡迎。

還有，男孩化妝和保養皮膚也很in，新的族群學名又叫Peakcock Boys，他們甚至願意穿裙。不少商業爲了這個族群必須改變市場觀念，他們很可能同時也是臥室皇帝（Bedroom Emperors），因爲經濟不景氣，到三十歲還住在父母家裡很普遍，太多人在父母家裡只有一間房間，太多人的床前便是電腦，那便是他統治的領域，那便是他的王國。

如果你有一架新力牌的VAIC PC那就更酷了，你可以隨時下載音樂到小磁碟片，沒有的話，也沒關係，美國和歐洲版的MTV大有看頭，以前，MTV只是二十四小時播放流行音樂錄影帶的節目，現在已是最受年輕世代歡迎的電視頻道，收看的主要原因有二：一是眞實生活肥皂劇The Osbournes，第二個便是Jackass。

這才是文化，他們說。九一一事件之後，「善良」對抗「邪惡」之戰開打之後，一個叫歐西・奧斯本（Ossy Osbourne）的英國老搖滾歌星，全身每吋肌膚都刺上刺青而綽號叫「黑暗王子」的傢伙，主持歌詞內容充斥暴力的樂團（Black Sabbath），主打歌是〈妄想症者〉（Paranoid），卻能接受總統的接見。不只美國總統布希（他巧妙的說詞是：「我媽愛你們！」），全美國大約有七百萬觀眾，每天會固定觀賞他的眞實家庭肥皂劇，這是BBC的主意，每天把錄影機架在他家，他沒穿什麼衣服，連電視機的按鈕都不會用，兩個孩子已十四、十六歲，只會穿迷彩裝及染髮，在家經常拳打腳踢，從不讀書，也不必上學，全家人說話時，每個字裡一定有一個 fucking，這兩個小孩叫 Jack 和 Kelly，現在已成爲英語國家年輕人的偶像。

而所有現象中以 Jackass 最令人嘆爲觀止，也最受到爭議。這絕對是沒人想得到的成功，也是當前最重要的青少年文化。一個當初沒有任何電視台感興趣的低成本節目、只打算以手提攝影機拍攝的 Jackass，現在不但是歐美年輕人的最愛，和 The Osbournes 一樣是MTV最受歡迎的電視節目，已轟動到改拍成好萊塢電影（也叫 Jackass），將於美國境內電影院八月正式上線。

不但美國，現在連歐洲也開始跟進。一個叫「Freak Show」的節目最近將在德國播出。Jackass 也在英國引起地震，連電子遊戲軟體公司也因而改變市場政策，現在有人針對 Jackass 迷推出電子遊戲器，第一個流行是手背瘀血，觀念是過去歐陸流行的處罰撲克遊戲（Torture Poker），輸的人將受罰，而「痛楚站」遊戲器（Painstation）最駭人的部分便是，誰能忍受電擊最久，誰便是贏家，輸家肯定將在手背上留下傷痕累累。

厭食症者比過去任何社會更普遍也更瘦了。年輕女孩再也不吃東西，她們跟自己的身體過不去，瘦也是流行，但瘦不夠，她們要骨瘦如柴，瘦到引起別人注意，另外一群人是不停地吃，吃到必須嘔吐，她們已沒有幻想，沒有理想，一個個消失中的靈魂，骨瘦嶙峋的身體，只剩下口腔，連排泄都免了。她們也是 Jackass！

Jackass節目不但病態、自虐、愚蠢甚至違法，但是卻能贏得喜歡反諷搞笑的人士喜愛，能吸引大量青少年觀賞，因在各地都曾造成青少年死亡，在一些媒體和保守團體的強烈抗議下，被迫改成夜間節目，並且必須時時加播「兒童不宜在家中模仿」文字。該節目開播以來，已接獲成千上萬的自製錄影帶，以至於也必須在節目中註明：不接受私人錄影帶，謝謝。

你要不是Jackass的忠實觀眾，要不便是恨之入骨的那群。多數的Jackass觀眾十三歲到三十歲，男生較多，女生也不少。上網打上Jackass你就知道有多少死忠支持者，反對Jackass的人永遠不會明白：一個輕視人生，不相信宗教也不相信政治可以改變世界，唯一剩下的生活樂趣是自虐和惡作劇，這樣的世代已降臨了。這些人百分之四十不會去投票，百分之十九從來沒投過票，百分之八十吸毒（大部分是大麻，小部分是搖頭丸或古柯鹼）但不會告訴父母，百分之十七吸毒但可以告訴朋友。

什麼是Jackass？這個充滿俚語味道的罵人字眼，一般是嘲笑那些自虐並不停挨打的小丑。這便是節目全部的主旨。節目成員有人曾是職業Stuntman，也有小丑或滑板選手（Skater），但大部分是從小喜歡惡作劇、長大找不到合適工作反正不怕死活的瘋子。節目內容有的是高級Stunt表演，有的則動作過分危險有致死的可能，但更多是令人噴飯但並無品味的現世生活嘲弄。

這個節目的靈魂人物是Johnny Knoxville，一般人相信他真的是自虐狂，至少他的行爲變態不正常。他是Jackass創始人，從九七年起便有這個節目的構想，但一直到去年才獲得成功，現在已成爲許多年輕人的偶像，靠簽名便可賺大錢。

Jackass每集半小時，節錄幾個單元，這些單元的錄製並沒有腳本，很多是即興表演，有的在室內，多在露天，很多時候必須中斷，因爲表演人物受傷或者引來警察阻止。節目的進行配以他們喜歡的音樂，由於眞實、嘲弄及自我虐待，必然引起觀眾興趣，MTV的主管便說過，他們看準年輕人不耐假惺惺做作的電視劇及無力回天任由政治人物操縱的新聞節目，這是一個能讓這個族群眼睛一亮的節目。

Jackass集運動、馬戲團、雜耍、遊戲及錄影藝術於一身，它既是娛樂，也是戲劇，更是表演藝術（Performance）。八〇年代表演藝術家自囚於牢寵，或者去動物園裡當園內動物，現在的表演藝術當眾割耳流血，或從高樓跳樓，在許多城市，彈跳樓已是平常，這是年輕人喜愛的活動之一，他們要挑戰極限，既然對生活無所畏了，活著的方式便一點也不能虛矯。詹姆士・狄恩在他的時代也做過一樣的事，只不過他死了。

Jackass是二十一世紀社會的另一面鏡子，也是當今歐美青少年生活文化全紀錄，它像日本搞笑綜藝，也像把基督徒活活處死的殘酷劇場。它絕對具有戲劇大師亞陶的精神，南美洲的「看不見劇場」傳統的再現，它是便宜的摔角，它是胡鬧，但它也是世俗的全然反叛，絕對不同凡響的現代娛樂文化。

（二〇〇二）

那條去天堂的路

或許是因爲千禧年，或許是以外星人爲題材的電影或小說充斥，相信外星力量或上帝將在世紀結束前來迎接一批幸運兒前往「另一個世界」的人有增無減。但這種信仰的基礎卻非常薄弱，完全沒科學證據。

繼「天堂門」及「太陽廟」後（台灣也傳出有類似的活動），一批德國人在西班牙南部也集體做好「永恆遁身」的決定。由德國女心理學家費考．加特帶領的三十三名信徒，準備前往西班牙泰德山頂（高三千七百一十八公尺），在那裡，費考．加特告訴她的信徒，一艘來自外太空的船隻將會來接領他們，從此便可脫離在地球上的地獄生活，而永遠活在天堂裡。就在大家準備服毒自殺的前夕，一位信徒的哥哥獲悉此事，在勸阻自己的家人無效下，打電話通知了德國及西班牙的警方。

對住在西班牙Santa Cruz的費考．加特的鄰居而言，費考．加特是一個言行古怪但禮貌有加的女人。在她所住的花園洋房走動的人也總是「怪裡怪氣」的，他們時而集體靜坐，時而聽喧譁的音樂，時而又在雨中盡情跳舞，聲音之大，常常擾人清眠。

千禧年除夕夜，這群集體居住的德國人將紅色地毯從住家鋪到街上，整個晚上都在唱流行歌曲，一位住在紐倫堡的中年男子，他曾在多年前在他任職的公司上過費考．加特的心理訓練課程（課程內容：錢也是一種能量），對她留下深刻印象，當他打電話找到這位女心理學家時，她告訴他：「你運氣好找到了我，再過幾天，我們便要永遠離開這個地獄了。」

五十七歲的費考．加特年輕時有嬉皮思想，出身正統心理學系，二十六歲即獲心理博士學位。八〇年代中旬與丈夫離異後，一趟印度之旅改變了她的人生，當時印度及巴基斯坦異教創始人 Brahma Kumaris（又稱 Baba）在歐洲聲遠名播，她儼然成爲 Baba 在德國的代言人，收了許多 Baba 的信徒，一九九〇年她從 Baba 分裂出來，自立門戶。

費考．加特的專長是她善於以簡單的生活道理，融入一些心理分析技巧，並且引用東方佛教輪迴及養生之說，編成一套她所謂的「自覺訓練課程」，一九九一年已有德國媒體發現她的課程不倫不類，然而她的信徒依然不斷擴增。許多大公司視爲時髦，紛紛請她爲員工上課輔導。她的方式是週末或假日中在湖邊或海邊上課，這種「自覺」講座曾經蔚爲風潮，所費不貲，費考賺足了荷包。

根據德國媒體統計，約有三分之一的德國人相信算命，七分之一的德國人相信靈異或巫師能治病；約有一半的德國人相信外太空人的存在，三分之一的人則相信ＵＦ

O及外太空人試圖與人類取得聯繫。

一向以嚴謹出名的德國人都如此，也不難想像世紀末的怪力亂神之說，在世界各地如火如荼散布，且有愈發不可收拾之勢。

（二〇〇〇）

你還愛我嗎？

最近德國出版趨勢以目前號稱的高爾夫世代（Golf Generation）的作品爲主流，高爾夫世代已經取代九○年代的雅痞成爲社會中堅，所謂的高爾夫世代指的是三十歲至三十五歲的族群，是一個單身主義世代，主張不婚及不生小孩，大多數的人不太在乎事業和金錢，因爲他們的父母只有一或兩個孩子，未來的遺產會使他們不必爲後半生憂愁。

高爾夫世代一詞是由此代作家佛洛李安·依里斯（Florian Illies）提出，他本人也寫了一本《高爾夫世代》。高爾夫是福斯公司（VW）出品的系列車型之一，這些三十歲左右的德國青年從小便不必擔心錢財，他們的父母多半在高中畢業時便贈送他們一輛高爾夫型車。

而德國高爾夫世代最具代表性的新銳作家是尤荻特·赫爾曼（Judith Hermann）。九八年以處女作一鳴驚人，《夏之屋，再說吧》（*Sommerhaus, Spaeter!*）以動人文筆描述此世代人物的生活，人物崇尚獨立自由但對社會相對冷漠，他們像游牧一樣地聚在一起，但很多時候也自己一個人活著。赫爾曼以憂鬱的美感，深邃地觀看世界與人生的眞實，她描繪這一代青年的迷失和徬徨，主題圍繞在愛與無感、國與亡國意識，人物經常無所事事地抽菸，而或許煙霧瀰漫，也因此暫時看不清方向。

繼大量暢銷的《夏之屋，再說吧》，赫爾曼今年推出令出版界望眼欲穿的《純屬鬼扯》（*Nichts Als Gespenster*），內容主旨不變，但人物轉向成熟化，多半透過人際關係認知人生的機運與迷失，而地點不再是柏林雙城，而是紐約布拉格或者北歐走向全球化的可能性，也因此有人認爲，高爾夫世代先前的斷裂和無感已見緩和，成長若需代價，這些人物在與戰後一代做徹底告別，邁向成人世界後提出一個無助的問題：你（還）愛我嗎？

一些德語文學評論家開始將赫爾曼與克利斯提安・克赫特（Christian Kracht）相提並論，但克赫特反社會傾向嚴重，個人美學觀點甚爲強烈，從作品中人物的生活及穿著時而可知，赫爾曼風格則女性及憂鬱化，人物從不避開政治和環境的影響。

高爾夫世代作家約有三十多位，其中馮・古蒂（Von Kuerthy）寫男女情愛，而貝辛（Joachim Bessing）寫現代人的機械生活，茱莉亞・法蘭克（Julia Franck）則寫東德的童年，法蘭克及赫爾曼等人也被歸入柏林世代（Generation Berlin）。

除了高爾夫世代作品，今年德語出版的另一趨勢是東德懷舊文學。除了法蘭克，另一位女作家克勞蒂亞・胡許（Claudia Rusch）也相當受重視，她的處女作《我的自由德國少年時光》（*Meine Freie Deutsche Jugend*）與亞納・韓瑟爾出版了《禁區小孩》（*Zonekinder*）一樣成爲此類文學暢銷書。胡許在書寫上顯然比韓瑟爾更開放及淋漓盡致，對前東德共產政治也不刻意批判，幽默但不嘲弄，與法蘭克的成績不相上下。

東德懷舊文學潮流中最不敢令人忽視的仍是老一輩的克麗斯塔・沃夫（Christa Wolf）。沃夫是前東德共產時代知名明星作家，早年在東德文壇便非常活躍，今年七十四歲的她在一九六〇年開始寫日記，那一年，她三十歲，她的日記寫了四十年，如今不但是個人歷史，也是一段重要的德國文學歷史。

（二〇〇三）

省錢族興起

德國人本性節儉，這個民族性格最近發揚光大，奉吝嗇爲流行風潮，不但找便宜貨的人滿街都是，商店也到處以不同的降價打折活動吸引顧客，一個尋求賤價免費的省錢族群（Schnaeppchen-Seuche）興起，社會學家注意到這個現象，並嘲諷地建議德國人應將國徽改成%，因爲只有看到這個符號，很多德國人才會肅然起敬，熱血滾滾。

德國經過二次戰敗，民族性格中的謹慎很容易使很多人養成節省的習慣，很多生活習慣，不但符合環保精神，有益再生循環，本來也是地球人的良好態度，譬如廢物利用或DIY，不過，目前興起的「省錢族」並不節省，生性浪費，多半是購物狂，年齡層大量降低，許多是高學歷的中上階級，這些人並非沒錢，但是卻會花時間購買省錢的物品，並且引爲時尚，絕不會不好意思。

德國最大電器經銷連鎖店「土星」公司的招牌句子：吝嗇好屌！（Geiz ist Geil）便是此中經典思想代表，廣告幾乎每天都在電視上喊著，似乎便是省錢族的口號，印表機現在降到十一歐元便買得到，數位相機也只有廿歐元。如果你積極比價，你可以買到五歐元的雪衣，一九九歐元到泰國機票。一歐元的寵物白老鼠，五十歐元的沙發。

如果你更積極殺價，你甚至可以免費得到一切，一些網站異軍突起，深受吝嗇族群的喜愛，那裡不但提供許多減價訊息，還有有關日常生活中免費的消息，譬如免費剪髮試吃看電影或贈報，或者撿回沒人要的存貨和家具。有些網站甚至有比價單供人參考，價不壓低不罷休。

減價戰爭煙硝味愈來愈濃，商店必須不斷壓低價錢吸引顧客上門，品質便不再是考量了。就像德國俗語，如果馬匹是贈品，你是不必去看那馬牙了。曾幾何時，德國人根本不在乎品質，物品價格開始低於鄰國如法國或義大利，德國消基會（GFK）最近才表示，由於德國人不再在乎品質，只在乎價格，愈來愈多來自中國及東歐的進口物資充斥市面，德國自己幾乎不再製造了，因爲價格永遠趕不上別人。

在「土星」來勢洶洶的廣告壓力之下，另一家競爭連鎖店（Media Markt），也推出一個賤價有理的系列，口號叫：我又不是笨蛋，廣告內容爲該公司老闆親自出馬，陪著一位號稱「省錢老媽」的婦人到店裡巡看，老媽只說，我又不是笨蛋，老闆便當著老媽把所有兩位數的商標全改爲個位數，該廣告也立刻得到相對的成功。一時之間，我又不是笨蛋，每天都在電視機重複播放，似乎成爲德國人潛意識之發聲。

慷慨大方的人現在變成笨蛋了，只有精打細算的人才是聰明時髦者，德國曾幾何時也和印度一樣可以討價還價，不但如此，到處都是大賣場，整個德國就像一個大市集。

而其中最令人驚嘆的現象是「半價麵包」。一些麵包店想出主意賣隔夜麵包，因此「折扣麵包」「半價麵包」紛紛出籠，而居然德國民眾會排隊購買，那排隊畫面令人想起以前共產時代的景象，而這些排隊的人有的還提著「亞曼尼」的皮包！

吝嗇學在德國已成顯學，知識分子還出書討論。有人認爲，省錢族本來便吝嗇有理，這個族群的人有組織能力，具有更多生活技巧，變通性高，明顯地有動員力，是社會中較快樂的族群。沒錯，這個族群的人較會享受生活，他們知道到那裡去買便宜的香檳酒和魚子醬，他們甚至知道如何廉價而高級地度假。他們吝嗇，因爲想存更多錢，買更多東西，做更多享受。

以前有人認爲猶太人才是省錢族群中的族群，現在猶太人要讓位給德國人了，眾多省錢族興起，表面上是積極消費，事實上，這些人花費精力只爲了自私，不但毫無生產力可言，且愈來愈不景氣的德國經濟並不可能向上提升，只會惡性循環，並且繼續造就一群永不滿足的人。

（二〇〇五）

新興職業：撈女族

新職業在德國興起，從事這職業的人特色是巨胸豐唇，非常在意裝扮，經常去整形診所問診，身材維持得很曼妙，她們刻意出現在拳擊賽、方程式賽車及各種名流場合，穿著暴露，必要時可以曝光脫衣，已成爲派對必要的道具人物，出席費從五百歐元到五十萬歐元，從事這職業的人叫撈女（Luder）族，已成爲很多歐洲女孩夢想職業。

Luder這個德文字是以前打獵的用語，意指鉤引獵物的餌物，聖經裡提及此字是指那些誘惑男人的不正當女人，或者成爲惡魔工具的人如夏娃，現在此字已成爲令人欣羡的形容詞，德國一位撈女族珍妮·艾佛絲甚至公開說：被稱爲撈女是她一生最大的恭維。

珍妮·艾佛絲從小志願是當明星，爲了成名不擇手段，她不會演戲也不會唱歌，因此她很快知道，像她這樣的人要成名只能靠名人，她經常出席在各種宴會派對，穿著暴露養眼，於是釣上了電視名演員勞特巴，火速結婚又離婚，從此便成爲撈女族一姐。她食髓知味，隨後又急速結婚了兩次。

阿依安．松末也是撈女族佼佼者，自稱高學歷（柏林大學政治系），會五種外語，她參加派對及和名廚打賭，願意裸體躺在浴缸，讓名廚把巧克力慕斯塗在身上，媒體知道後派出攝影隊，松末立刻成爲撈女女王，不但出書，還客串模特兒，有個叔叔是德國著名時代週刊的主編，從不穿內衣可能也不穿內褲，有個綽號叫「開腿」撈女，因爲照相時腿都打開，但卻成爲阿兵哥的最愛，一時紅遍天，不但賺的錢多，且比叔叔還有名。

幾個月前，一個德國整容醫師據說被他的撈女族妻子殺死，此事並不完全眞實，但所有媒體卻只對這個叫格賽兒的撈女族妻子有興趣，格賽兒並不叫格賽兒，改這個名字也是爲了當撈女族，幾年前起夢想成爲撈女族之一，她不但不美貌，沒有才華，也沒有學歷，唯一能提供的是一個身體供人茶餘飯後閑嗑牙，她是三年前在市場釣到一個年紀頗大的整容老醫師，這位醫生娶了她，爲她全身美容，打造撈女族的外表，也爲她花盡錢財，老醫生爲了賺錢故意製造搶劫想打保險的主意，不幸卻被貼在嘴上的膠帶悶死了。紐倫堡來的撈女一夕成名，連帶狗入獄的照片都有人高價要買。

八〇年代的流行歌組「摩登談話」（Modern Talking）歌手迪特波勒是德國名流中的名流，不但多金且有作曲長才，即便年紀大了，仍是流行界重要天王，撈女族女生都知道，只要名字和他掛在一起，從此便會走紅，如和他分手的法拉克，未分手時靠他生活，分手後則靠出場費生活，她願意參加派對與有錢人合照，賺取鐘點費，不然，她在經紀人策劃下，假造和另一流行作曲家老頭談戀愛新聞，爲的是賣她的食譜書。

這些有名的名字都是撈女族的模範，但無名的撈女族也滿街都是，每個俱樂部酒吧舞廳裡都有一堆，已經有經紀人徵求代理想當撈女族的女生，歐洲最大發行量報紙「畫報」也歡迎撈女提供裸露照片，並且還甄選出最受歡迎撈女，每天刊登在頭版。

要做撈女的首要條件是要巨胸，且穿衣服一定要露乳溝，第二個條件是嘴唇要豐滿，這兩個條件很容易以矽膠達成，第三個條件是要不擇手段，不要挑剔，她們可以在方程式賽車會上穿比基尼，被賽車手噴香檳，也可以在舞會坐在名流的腿上，重點是穿著暴露，只要有攝影機便要擺Pose。

「Ludor」這一個德文字在德國人的心裡愈來愈正面了，這一行也已成爲許多高中女生最羨慕的職業，很多高中女生模仿撈女的行徑，設法出入名流出現的場合，她們接觸足球或運動明星，著名巴伐利亞足球明星馬提奧便被一個高中生騙了，那高中生馬到成功，對被釣上的馬提奧表示年紀有二十多歲，由於該女生尚未成年，馬提奧差點吃上官司。

撈女族的夢想其實是灰姑娘的翻版，就像辛德瑞拉一樣，這些女孩都在等待「王子」，等待一個「從此幸福」的生活，而撈女女生知道怎麼展開撈女行動，只要引起

「性」趣便成，她們知道，她們等待的王子並不一定要是王子，她們成爲「Ludor」也行，只要 Ludor，不但會有名有錢，連王子也想靠近她們。

沒「性」趣

——無性族群的興起

威爾剛到處買得到了，「Sex in the City」影集造成風潮，世界各地都有影迷收看，手機裡也常有撈女傳簡訊給你，網路上也可下載許多隨時可以上床的美女錄影，性生活如此重要，彷彿便是生活和消費的重心，但是同時，一個無性族也在這個時候興起，他們並非與社會隔隔不入，他們只是沒「性」趣。

這個族群宣稱爲ASEXUAL。在歐洲、美國及日本逐漸有普遍的傾向，使這類網站在網路擴增。他們不是同性戀也不是雙性戀，一樣會受異性吸引，但不想有性行爲，大部份的人選擇過單身生活，少數結婚或者有男女關係，其中不乏在朋友與情人關係掙扎的例子。他們並非沒有性生活，這個族群對自慰相當習慣及坦然。

在美國所謂「艾莉世代」和歐洲「高爾夫世代」這些名詞出現後，意味的便是六八運動左派自由性思潮者已交棒給下一代了，他們的下一代卻對父母參與過的生活不見得有「性」趣。這個世代的人對傳統的愛情和婚姻並不嚮往，甚至排斥。他們認爲，有愛固好，沒有還是一樣活下去，單身生活的品質反而更高，他們給自己的代號是阿米巴變形蟲，這些蟲可以和異性繁殖，也可以單性繁殖。

二十二歲的杰大衛在網路上成立AVEN（Asexuality Visibility and Education Network）論壇，每天都有數萬人瀏覽，杰大衛表示，他只想爲那些對乳溝罩杯沒興趣的人成立網站，這些人會受異性吸引，但絕大部份並不是色情的部份，瀏覽該網站的人男女都有，年紀多半在三十歲左右，甚至更小，因對色情沒有興趣，反而交談內容更深。杰大衛說，很多人屬於這個族群，只是自己還不清楚。他準備要把「ASEXUAL」這個字註冊商標，正式與異性戀、同性戀或雙性戀等字排名並立。

法國著名作家胡耶勒貝克幾年前便出書批判六八運動，他認爲，六八運動自由過度的性行爲帶來的便是下一代的反撲，性已在今日的社會裡塑造新階級觀念，有人要的話每天可以和不同的對象上床，有人終其一生只能自慰，而性的消費無所不在，性的誘惑令人疲乏。

柏林大學性研究學者約哈辛鮑姆針對此流行現象表示，無性族產生的原因其實仍不明，社會學家開始注意這個潮流，已開始有學術研究正在進行，他認爲，無性族反對傳統婚姻和家庭生活，可能與反抗社會秩序的心理情緒相關，也可能是九〇年代愛滋病恐慌所留下的後遺症，「但這並不是病態，也不是無能，」鮑姆認爲，無性族的生活並不辛苦，不少人自得其樂。

鮑姆表示，性生活的重要性往往在現代人的生活裡過分受強調，電影或電視的有關性的內容總是以激情爲主，事實上和現實生活也有出入，另外，性研究專家也表示，很多人認爲性生活重要，是因爲他們藉由性行爲表達平常不太容易表達的情感，或者擴大自我感覺和認同，有人借此得到肯定，當然也不排除大部份人在其中得到的快感和樂趣。而無性族認爲，性生活並不那麼重要，且也不是非假借他人不可。

目前網路上有許多無性族群的網站，除了 www.asexuality.org 外，在日本也有 www.asexual-japan.net 。

（二〇〇五）

歐洲人騎鐵馬

八〇年代起，由於環保風氣盛行，自行車再度流行於歐洲，許多國家紛紛仿效過去荷蘭政府的做法，在城市馬路上爲自行車騎士規劃自行車道，騎自行車大爲便利安全，這股潮流至今不衰，愈來愈熱門。

自行車是德國人發明的，德國也是目前歐洲最大的鐵馬樂園。

德國人喜歡騎自行車，就算雨天或下雪的日子出外不騎，在家也會踩腳踏車健身器，德國人愛自行車，根據早年德國大作家褚格麥雅的看法，那與民族性格有關，因爲德國人習於躬腰低頭（聽令）及喜於往下踐踏。褚格麥雅在大戰後說出這傳神但嘲弄德國人的譬喻，使騎自行車一時變成冷門，再加上在大戰前後，因爲摩托車和汽車的發明，自行車變成窮苦的象徵，只有窮人和外勞才會騎自行車，這一點，從義大利當時的寫實主義大導演狄西嘉的名作「單車失竊記」，便可以一窺端倪。在六〇年代到七〇年代，當自行車成爲中國大陸民眾普遍的交通工具時，歐洲沒有多少人騎自行車。

但是隨著環保意識興起，逐漸地，自行車洗刷悲苦的形象，卻成爲歐洲人時尚的健身和交通工具，尤其油價不斷上升，很多綠色意識和反全球化人士開始主張回到古老時代，大家騎自行車，既可環保又可健身，這是政治正確的交通工具。

因爲每年法國自行車巡迴賽（Tour de France）熱鬧轟動的關係，歐洲人也開始重視自行車運動，而幾位歐洲各國選手也相對受到歡迎，他們的用品也會成爲該國喜歡越野騎車者的最愛，如頭盔手套及印有運動員名字的衣褲。雖然這些年來，美國人藍斯阿姆斯壯曾連續七年獲得冠軍，但是美國人對遠於法國的巡迴賽毫不熱中，在美國地廣人稀，很多城市也不適合騎自行車，因此自行車文化尚不普及，熱潮自不如歐洲。

德國人愛騎自行車，目前德國自行車人口約有六千五百萬，平均每年共騎了二百八十億公里以上，而這個趨勢仍在增加中，有孩子的自行車騎士不再把孩子置於後座的兒童椅架，而是加裝有帳篷的小車，而溜狗者也騎自行車，要狗跑步健身，過去十年，每年平均賣出一百萬輛自行車，德國大約有七千萬輛的自行車，有四千家自行車店。自行車店除了賣自行車，也像早年台灣修自行車的地方爲人修理和保養自行車。

德國人喜歡騎鐵馬，似乎帶著那麼一點印地安牛仔的精神，也有族群意識和道義責任，他們在轉彎繞道時，會出示一手做手勢，讓後面的人清楚，他們在雙向的自行道會自行分出左右行駛，夜晚有人忘了開燈也有人會大聲提醒。他們自我感覺良好，認爲自己對地球做了好事。

德國是自行車騎士的樂園，而穆斯特這個城是佼佼者。穆斯特的右派市長豪瑟上任以來，全力推動綠色交通政策，他要市民老老少少都騎自行車，官員全部以身做則，整個市政府只設二輛車，他本人也騎自行車上班，車子是用來接送外賓或搬運物品用的，這個城市一切以自行車爲大，設有紅綠燈的交通號令也以自行車者爲尊，凡有自行車者都有優先行駛權，很多開車的人受到刺激，也開始考慮騎自行車。

不僅如此，豪瑟在火車總站旁蓋了一棟大型停車場，當然是自行車停車場，有三千三百個位置，還有私人車位可以出租（一些昂貴的自行車貴到台幣幾百萬，當然會擔心被偷），不但如此，停車場還附設洗車設備及維修站，豪瑟並規定所有大樓和公寓都得設單車停車場，他在穆斯特這樣的小城闢建了四千公里的行車道，未來三年還要加築二百五十五公里，現在穆斯特四通八達，自行車人口比汽車人口多，在穆斯特平均每人每天騎自行車的時間有十五分鐘，百分之三十五點二的交通旅途是以自行車完成。一些大城如維也納才只有百分之五，巴黎則更低。豪瑟的做法使穆斯特立刻登上德國自行車城市第一名，目前有很多城市都在效法，其中，像維也納也開始大規模計畫自行車道，及鼓勵民眾騎自行車。豪瑟的做法便是來自早年荷蘭政府，但他執行得更徹底，因爲政治正確，也使他贏得不少中產階級的選票。

德國鐵路局幾年前起提供 Call a Bike 的服務，早期，德國各火車站都設有自行車出租服務，現在自行車散置於各火車站及地鐵站，任何人要使用前只要以手機打一通電話，便可以自動開鎖，而租金也就直接算在手機帳單上，此舉對一些外出旅行者尤其方便。

一些旅行社看到德國人喜歡騎鐵馬玩，相繼推出外地鐵馬遊，最熱門的團是到紐西蘭或義大利和法國，都是先搭飛機去，在地後才騎自行車，這樣的旅途既能健身又走遍天下，招來許多顧客。

八〇年代起，台灣自行車廠商如捷安特或 Wheeler 等牌曾經在歐洲締造銷售佳績，但這些年來，歐洲品牌又奪回市場，以德國最著名的品牌 Hercules 而言，該廠共有八百種以上的自行車種類，每年該家公司光在德國境內便賣出二十萬輛自行車，在歐洲，自行車騎士相當注意個人品味，尤其很多人騎去上班，成爲上班的裝備之一，有人因要搬運自行車到捷運或辦公室，注重自行車的重量，目前最輕盈的自行車有三公斤，也有人注重換檔的可能性，以便於區分上班及休閒等不同用途，女性最重視自行車的彈性，一般喜歡坐墊有彈簧裝置及由人體工學設計出來的車種。

慕尼黑做爲南德大城，由於湖濱田園離市區不遠，且夏季各處啤酒園盛行，加上城市早在八〇年代便開始規劃自行車的交通，目前市區已有七百公里自行車道，有二萬二千處自行車停車處，而地鐵和捷運也可以讓自行車上車（需外加購票），因此慕尼黑的自行車人口眾多，一般在五公里之內的行程，大多數人以自行車代步，既沒有停車問題，又不必花錢，是最快的交通工具。

尤其南德人士酷愛啤酒園生活，許多啤酒園位於城郊，適合騎自行車去，因此啤酒園最熱賣的啤酒叫鐵馬仔（Radler），專門給騎自行車者喝的，因加了檸檬蘇打在啤酒中，因此酒精成份稍低，問題是一杯一公升，也夠瞧了。

（二〇〇五）

德國人愈來愈迷信了

相信上帝的德國人並沒有比過去增加，但迷信的德國人卻愈來愈多了。根據一項學術界的統計，二十五年來，許多迷信觀念似乎已成爲趨勢或生活中牢不可破的念力，而同時不少德國人卻離開了教堂，連個人所得稅裡的宗教稅（此稅可自願繳交）都不想付。

這項統計顯示，百分之四十二的德國人士相信四瓣的幸運草眞的會帶來幸運，而在一九七三年只有百分之二十六的德國人相信幸運草這玩藝，而差不多的人口也相信，如果對著消失中的流星許願，願望將成眞，另外，至少有百分之三十六的德國人也強烈相信，如果看到打掃煙囪的人正在攀爬樓頂或工作，則會帶來好運。

這項統計當初是針對兩德地區的人做出，由於時代久遠，只能說在共產主義統治下的東德迷信的人較少，但統一後的德東人迷信之人增多了。

這些迷信的由來多不可考，也無邏輯可言。迷信之多，在德國便有幾千種以上，有出版社還出版《德國迷信大全》，總共五大冊，讀都讀不完。

將近三分之一以上的德國人認爲，看見黑貓會帶來不幸，貓隻從右邊跑至左邊還好，如果看到的黑貓剛好是從左方跑到右方，那麼就更不幸了。從左邊起床也會帶來不幸，最好從右邊起身，而打破杯子（尤其是香檳酒杯）則會帶來幸運，十三日是不幸的，尤其不能碰到星期五，黑色星期五的班機和火車眞的比較容易有空位，而提早撕去日曆或提早向親友祝賀生日會帶來不幸，新年前不要洗衣或曬衣，因爲舊年中的惡靈會沾附在衣服上，以至於新年後會不幸運。另外，送禮物時不要送人刀子或利器如剪刀，若非送不可，則應向對方索一塊錢做爲付費，以示對方自行購買，而非贈與。

好運的事情包括撿到一分錢，剛剛才起床便有人同時道日安，馬蹄鐵也代表好運，這是爲什麼一些德國紀念品店會賣馬蹄鐵形狀的東西。不少德國人也相信，在擔心什麼事情時，敲三下木頭有益保平安，一種有毒的蕈菇也可帶來好運，義式辣椒也可驅鬼避邪，三個連號象徵幸運，因此很多德國的車號喜歡連著三個同樣的號碼。他們尤其喜歡七這個阿拉伯數字，不像日本人或台灣人，德國人一點也不介意四這個數字。小豬撲滿及紀念品象徵好運，德國人有時也會口頭上祝福親友：希望你有豬（好運）而全德大多數的服務台或詢問檯甚至店面的帳台上都會有人擺小豬撲滿，那對德國人就像招財貓一樣，且還可以趁機得到小費，好運馬上就來。

德國人也相信一連串相同的數字可帶來好運，最近一些教堂和婚紗界才表示，今年五月五日這一天接獲太多舉行婚禮的要求，有應接不暇之慮，因這一天按照日期的寫法是 05.05.05 。還有一部份的德國人認爲，不但五月五日是好日子，五月廿日這一天也相當不錯：20.05.2005 。

愈來愈多德國人也相信中國人的風水，有關風水的書籍或演講流行了好一陣子，這些出書或演講的風水大師不太是東方人，大多是德國人，一些德國人買房子甚至可以放棄西曬陽台，西曬陽台原本大受德國人歡迎，乃因德國氣候寒冷，而上班族喜歡在下班後還有機會享受那麼一點西曬，而這些房子的方位與中國偏愛坐北朝南有所不同，在德國，房子格局也少方正多斜長，懂風水的德國建築師已注意到這些細節。有關鏡子或水晶可以避邪的說法也被信風水的人接受，許多年輕一代或到過亞洲的德國人也相信風水可以改運。風水 Feng Shui 這二字已成爲多數大眾認識的生字，地位幾乎與壽司或雜碎菜一般。

德國人也有自己的風水說（Wuenschelrute），精通此道的人持一隻木或銅棒往勘察地點走動，若地下有品質不佳的元素或水源，木棒將震動，不同的元素會帶來失眠或風濕甚至意外等問題，不少德國人願意花二百歐元（四千元台幣）請人到家裡來勘察，或者花幾百塊歐元買一塊床墊，按照該風水師說法，以隔離地底下傳上來的惡氣影響。目前，從事這個行業的人大幅增多了。

迷信的人愈來愈多，但有忠誠宗教信仰者則沒有增多，不知道上帝有什麼想法？

（二〇〇五）

政黨奇觀

九一八德國將舉行總理大選，共有三千六百四十八位候選人出面競選，而參選的黨派有二十五個，除了六個目前在國會有議員席位的黨派外，其他十九個黨黨性各個不同，訴求也光怪陸離，令人嘆爲觀止。

這些黨派有的極左有的極右，有的爲退休老人請命，有的爲貓狗動物護法，有的黨綱只有一條：汽油降價，有的口號是停止工作回家喝酒，只要人想得出來的，都可以是政治訴求，德國選民見怪不怪，使得各式各樣的小黨愈來愈多。

巴伐利亞黨（Bayern Partei）在巴伐利亞省有不少支持者，他們的政治訴求是巴伐利亞獨立，這個黨認爲巴伐利亞人民與德國人民風俗習性不同，語言和文化也迴異，只有獨立才能使巴省保持富庶的文化和稅收。

而健康與和平黨（ADFG）的主張是大家都來吃維他命，只有健康才有和平，而和平便是最高的政府政策。健和黨不是笑話，黨員像老鼠會一樣，吸收極快，還兼做維他命直銷。

灰豹黨則是一個爲老年人請命的黨，該黨要求政府在退休金制度上的承諾不能跳票，且爭取一切與老人有關的福利政策。

極右黨有二個，他們的政治主張渾然與希特勒一致，共和黨在八三年曾被禁，但近年來，他們成功刪去一些看起來與希特勒太像的文字，又重返選舉，還推出以前曾被選爲國會議員的荀胡伯出來擔任總理候選人，而德意志黨（NPD）更爲激烈，連候選人都留和希特勒一樣的招牌鬍子，他們要重建德國人的驕傲，把外國人全趕出去，並且絕對不贊成土耳其加入歐盟，值得注意的是，上次選舉德意志黨在德東得到百分之九點二的選票。

而同時極左派也好幾個，如馬克思列寧黨（NLDP）的競選口號都動不動還是革命革命，也得到上萬人支持。社會主義黨（PSG）的競選海報上說，去年德國因社會分配不公，造成一萬一千名人士自殺，該黨的訴求是現任政府所有成員都應下台，該黨還散發「大預言」，二至十年內，德國人民將起義革命，推翻不公不義的政權。

動物保護黨已成立多年了，他們要求政府不但要立下更多保護動物的法令，且動物權利應與人權同等並重，該黨的成員一律吃素，在上屆歐洲議員選舉中也得到百分之一點七的選票。

德國家庭黨則認爲德國的人口愈來愈少，現任政府的家庭政策大錯特錯，他們主張兒童補助金大量提高，幼稚園和學校補助金也要大量提高，最奇怪的一點，他們主張兒童有投票權，這個黨在街頭拉票，贈送選民尿布。

此外，激進環保黨的支持者約有百分之一，女權黨的支持者還不到百分之一，女權黨主張婦女參政的比例應達二分之一及同工同酬。

聖經眞義黨（PBC）主張一切法律以聖經爲主，無條件支持以色列，強烈反對墮胎，該黨財大氣粗，蓋有自己的教堂，他們在競選拉票時贈送被墮胎的嬰兒玩具，看起來令人觸目驚心。

這其中最簡單的黨叫（BUSO），競選主軸是阻止布希出兵。最吵鬧喧囂的黨是無政府主義黨（APPD），該黨成員多半刺青滿臂，綠髮紅毛，一律龐克黑裝，以男性居多，人手一瓶啤酒，他們經常叫囂連天，政治訴求是不要工作，大家喝酒，不仔細聽還以爲聽錯了，沒錯，喝酒就好，絕不工作，這個黨的黨員平均年紀只有廿六歲，是最年輕的黨。

根據選舉法，任何註冊的政黨只要收集二千份簽名，便可參加德國大選，政府提供參加大選的政黨競選補助費用，如辦公室和競選宣傳費用等，使一些沒沒無名的小黨視爲賺錢的管道，再者，出來競選說不定可以一選成名，何樂不爲？

（二〇〇五）

原來最愛的人是自己

都市新人類認定這個時代是個自戀（Narcissus）的時代，關鍵特徵——我是周遭的中心，這種略帶自卑，又不太尋求超越的心理，主宰了都會人的行爲取向，諸如血拼、整形、瘦身美容、政客大言不慚，甚至飆車（舞）族、劈腿族或嗑藥族，不一而足。

從六〇年代存在主義、到今天「我的世代」，愈發凸顯社會上人際關係的冷漠，以及人與人間溝通、互信、互愛的挫折；退縮之餘，只好把愛戀投射回自己、愛護自己。

這裡有幾個例子：在瑞士，三名日本女性結伴度假，十天之中唯一做的事就是全身美容；在漢堡，海曼沒有女朋友，但有一輛Porsche，他的生活內容便是要過各種不同生活做爲素材選擇以便未來創作一本自傳；在台北，月薪三萬的女售貨員可以分期付款買幾萬元的亞曼尼襯衫，她的房裡除了衣服，就是放大的個人寫眞照片。

在巴黎，一個法國影劇記者問消失多年又突然出現的電影明星依莎貝拉．艾珍妮，這麼多年都在做什麼？電影明星只回答：我愛過。當然，使影劇記者感興趣的不是「愛」這個動詞，而是整個句子的過去式語法以及我這個主詞，強調是我主動的愛過，不是我們愛過或被愛過。著名的服裝設計師拉格斐（Lagerfeld）在電視上說，我大部分的時間都是獨處，我只喜歡獨處。他一點也沒想去隱瞞他對自己的癖戀。

上述這些人並非異類，他們很可能就活在你我之間，他們很可能就是任何一種商業廣告所訴求的對象，這些人正不斷繁衍擴增中，一群「新的人類」，他們提出新的主張，實踐新的生活。他們撇開過去集體意識的教條藩籬，找到自己，不再迷失，原來最愛的人竟是自己。

先讓我們回顧六〇年代：一個政治的年代。人類熱心地以不同形式參與政治，世界各地的學生運動如火如荼地展開，一個反法西斯、反白色恐怖、反共產黨、小心匪諜，甚至——反攻大陸——戰爭充斥的年代，披頭四唱 Let it be 的年代，那時連嬉皮所提倡的回歸自然主義，都是理所當然的政治主張，那是一個強調家庭生活、團體價值及社會階級觀念的年代，但隨著時代的演變、社會價值的更動，那個年代卻早已隨風飄散，正如那首 Joan Baez 的歌。

今天，講求個人生存價值及自我認同的呼聲四處響起，愈來愈多的人要求更多的自我空間及自主權利，自信成爲這個社會無往不利的利器，個人主義及自由主義也成爲人性自私的護身符，從八〇年代的雅痞族發展至今，政治熱情已漸漸散失，再加上世紀之病——愛滋的大量傳播，性生活及人際關係正急速地轉型中，無論是性或政治，取而代之的是更多的冷感症，更多的疏離以及防範措施。在逐漸逝去的傳統價值中，勤奮、節儉的特質已被更多的休閒娛樂、潛能開發需求所取代，自我保護也取代了樂於助人的美德。

一個自戀的時代已經來臨。我不爲人人，人人爲我；爲了自我，可以反抗整個社會，以前說，「只要我喜歡，有什麼不可以。」現在只要屌就好。在台灣，自戀的立法委員對不同意見的人大打出手；在南非，自戀的年輕人爲了拍攝一張自己在獅子面前的照片，完全忽略了可以並且也已立刻將他們吞噬的獅子。你沒注意到嗎？什麼時候社會流行的話題都是：單親家庭、遊學、未婚生子、健身減肥、美容拉皮或食品營養，不然就是所謂個人生涯規劃或者「爲自己活」。大批單身套房一棟一棟賣了出去，離婚率愈來愈高，不願生小孩的夫妻也愈來愈多，偶像明星出賣其孤獨的個人形象，怎麼樣都不承認及公開所愛戀的對象，不再有先天下之憂而憂的英雄，只要一點點的「酷」（Cool），不再強調團結的利益，只剩下個人崇拜，你可以獨自一個人參加，就像自助餐（Buffet）或自助旅行這類活動。

美國歷史學家賴許（Christopher Lasch）在十五年前已指出，自我崇拜將成爲未來文明發展的動力，今天，自我崇拜已不是趨勢，它已成爲人類最重要的生活內容。因爲自戀，「我」需要更多的東西來證明不穩定的自我，我一直尋找另一個跟「我」

相像，或者跟我過去行爲相像甚至跟我理想中相像的人，這個自戀的追求過程便是形成社會矛盾的過程，自戀的個人逐漸改造、形成了一個自戀的社會。過去，所謂青少年危機、中年危機或更年期危機等種種問題只是一些心理個案，如今，這些名詞指的都是普遍性人的現象，在歐美擁有自己的心理醫師是常態，在亞洲，算命學佛則已成爲一種個人心理治療，爲的不就是讓「自己」「安頓身心」嗎？修禪習佛似乎只是一種個性的標記，普渡眾生則是師父的事業。

由於市場經濟的結構，我們的社會也沒有別的選擇，已經邁向「市場型社會」之路，而所謂的「市場型社會」是一個沒有孩子的社會，擁有更多的時間和遷移自由的人才有可能在工作上獲得成功，也就是說，出差與加班的可能性才能確保工作地位，德國社會學家貝克（Beck）就預測，這個世界將進入一個無伴侶、無家庭的紀元，人的親戚愈來愈少，只剩下工作及休閒生活，因此，隨著自戀族群的來臨，未來的生產結構也將有所變更。

然而自戀就夠了嗎？答案還是不。日本已有心理學家提出，很多人雖在外不敢明言，事實上，「崇拜自我」者的生活並非都是和諧愉快，欣賞自我、認同自己的工作雖也可以獲得個人片刻滿足，但也有很多空虛難耐的時候，也會渴望去接近別人，過正常的性生活，接近一個需要他（她）的人，人需要有被別人需要的感受，而性別色彩付之闕如的自戀族最缺乏的往往就是感情生活，這或許是因爲他們溺愛自己，很難給別人機會。不過，自我崇拜的人也並不是完全沒有希望，因為孤獨，所以對人際關係十分敏感和自覺，在碰到困難後，也許也會設法離開這個永恆的陷阱——自我中心。自戀是不夠的，下一步該如何走？呈現在面前的似乎只是渾沌一片的世紀末空虛。

（一九九三）

世界正在關注這些現象，
砸十五億新台幣成立專屬女性電視台，
色情行業要繳稅，犯毒癮偷竊可以進行「感化度假」……

2. 現象

像她這樣殺嬰狂的女子

無語，震驚，是德國境內普遍對德國女子莎賓娜殺九兒案的評語。然後是許多不解的疑問：爲什麼不避孕？爲什麼懷孕那麼多次鄰居們全不知道？爲什麼親戚都沒發現孩子不見了？爲什麼有人不停替她接生？爲什麼社會福利局不管？爲什麼九個孩子？

媒體全擠到這個德東及波蘭邊境的小鎮，火車站街二十二號，這個叫布利斯考芬肯赫爾的小鎮只有三千人，應該誰都認識誰，但沒有人認識這位前名叫莎賓娜的女子，這棟洋房看起來與別棟也沒有不同，白牆紅瓦門窗還有編織飾物，看起來很溫馨，但誰曉得在後院停車間卻有這麼多嬰兒的殘骸？

有人說這是德國統一後東德發展停滯，社會分崩離析的關係。但這卻不是典型的德國社會秩序破產的故事，在美國類似的母親殺嬰兒案遠比德東地區更高，這位叫莎賓娜的女子的確失業，但她的父母在德國統一前後經濟狀況都不錯，還可接濟她，容許她住在他們不外出旅遊時停放在花園的房屋車裡。

莎賓娜是因爲失業才酗酒，或者因酗酒才失業，此事已不可考。十多年前她那前東德秘警丈夫拋棄她後，她是靠什麼活過來的？她的鄰居形容她是一名頗爲美豔的女子，稍爲豐滿些（他們不知道那是懷孕），經常帶不同男士回家，她不是妓女，她必須依靠男人才能生活，但沒有男人願意養孩子，尤其在德東地區，失業率高達百分之三十以上，那些與她一夜情的男子恐怕也大半失業。

不管是失業或酗酒都無法解釋這件殺九嬰案，連社會變得冷漠無情也不足說明，很多人很自然地認爲，是統一帶來的後果，使得這位女子變得毫無人性，變成一個殺嬰的惡魔，他們說這叫殺嬰狂（Neonatizid）。

按照心理學家的說法，莎賓娜童年在心理發展上可能遇到什麼阻礙，她的人格不成熟也不健全，極度天真，以至於失常，沒有生活和面對問題的能力，凡事只能逃避退縮，至於爲何不避孕或墮胎？因爲她連這些錢也沒有，所以只以鴕鳥的方式逃避？何況她過單身生活也有憂鬱症，她就那樣看著孩子一天一天在她腹中長大，當孩子出生時，看到有具體形象的孩子，那些孩子出自不同的父親，有的她可能也想不起來是誰？使她更焦慮恐慌，以至於對人生憤恨難平。

沒錯，莎賓娜是個殺嬰狂，但她必須立刻接受精神治療甚過於入獄。

（二〇〇五）

伊孟勒的理想國

伊孟勒兄弟（Karl, Jakob Immler）一個五十五、一個五十七歲，一個比另一個胖，胖到連說話都會喘，他們住在上巴伐利亞省的伊斯奈（Isny）市，這兩個巴伐利亞兄弟最近成爲德國媒體的焦點和許多無家蝸牛的追逐對象：他們要自費蓋一座伊斯奈樂園，以便完成他們的政治理想。

這所謂的伊斯奈樂園與狄斯奈樂園差一個字，但風景大爲不同。伊孟勒兄弟準備花下自己的錢，以四千萬歐元在伊斯奈這個小鎮蓋五十棟獨門獨戶的花園洋房，至少七房二廳，有花園有停車位還有網球場游泳池。房租？一歐元。且任何人都可報名，沒有什麼特別條件。

伊孟勒兄弟說，他們以一歐元出租兩百平方公尺的花園洋房，勉強說條件只有三個：房客必須是伊斯奈來的人，或者至少把戶籍遷至伊斯奈。房客必須每個月付出一些時間給社區，譬如成立兒童合唱團，或者網球隊等，或其他社區文教活動。第三個條件，有意搬入的房客必須有四個以上的孩子及一雙父母，也就是必須三代同堂。

在德國，符合這後面第三個條件的家庭眞的不多。伊孟勒兄弟爲之發出感慨，如果可以證明父母過世了，那麼去養老院認養兩個父母者也行。

伊孟勒兄弟是億萬富翁，他們做不動產生意，做的都是大超市大賣場那種規模，他們賺錢後一直想回饋他們最愛的故鄉，但是他們的回饋行動常惹惱許多人，尤其是政客。幾年前，伊斯奈市政府要花大錢蓋學校，工人因深諳建築費用，便幾度表示，市政府開出一千多萬歐元太多了，一樣的學校，他們只要花一半的錢即可，當時包括市長在內大家都直斥不可能，並嘲笑他們，兩兄弟便決定自己花錢蓋了。他們眞的蓋了。

伊孟勒兄弟因此在德國是一個令人又愛又怕的名字，怕，因爲他們太有錢了，根本不怕花錢，愛，他們眞的在做事，不是張著一張嘴巴，只會說個不停。這點也是兩兄弟的特點，他們說，他們就是受不了政客每天說個不停，政令前頒後改，且毫無邏輯道理，令人看了就氣。

這譬如，德國老說失業問題及人口老化問題嚴重，但政府卻從未有任何具體政策，伊孟勒說，人如果失業了就不會想生小孩，所以政府分別補助失業人口和照顧孩子的津貼，結果便是失業者還是失業，嬰兒的出生率還是偏低，低到二、三十年後，整個德國將成爲老年人的國家。

所以伊孟勒兄弟想了很多，他們決定退出他們原來參加的政黨，那是右派的基民黨，但也不表示他們認同目前執政的社民黨，他們聽到社民黨的名字便撇撇嘴，「政府各部會的人已逐漸不知道自己在做什麼了，」在伊斯奈，現在馬路上連夜燈也不開了，因爲沒有錢繳電費！

伊孟勒兄弟自己也有政治理想，但他們不會想去從政，「那是給沒事幹沒想法的人做的事！」他們的政治理想便是建蓋像十六世紀建築家福格在奧斯伯格市蓋那種社會主義社區（Fuggerei），社區中規劃了爲數眾多的六十平方公尺公寓，一年的租金合一萊茵幣（三十元台幣），他們希望伊斯奈計畫能繼續不斷，才會迫使政客改變錯誤的社會福利政策。

雖然是巴伐利亞人，但他們認爲，像中國以前的四合院或三代同堂的生活才是理想國。「你想想，」胖子哥哥卡爾・伊孟勒說，「德國老人這麼多，養老院一個人一個月要三千歐元，而小孩上托兒所一個月也要花至少八百歐元，誰付得起？」如果三代同堂，不但可省很多錢，老的可以照顧小的，且小的也可以照顧老的，這種生活模式應該鼓勵！

伊孟勒的一元花園洋房消息傳開後，很多人不但積極想生小孩，也打算搬到伊斯奈去，以便捷足先登，媒體也掀起報導熱。只是伊斯奈的市長一點也不興奮，他語出不悅：我們警察局是不是以後會更麻煩了，阿貓阿狗都來了，一歐元的社區會不會變成貧民區呢？還有，如果房客不遵守契約，如何趕走他們？

伊孟勒兄弟說，他們就是聽完市長這席不尊重人的談話，他們非建不可了。這五十棟大型花園洋房地址就在伊斯奈，Am Achener Weg 38號，他們信心滿滿，希望這個地址將可改變德國的未來。

（二〇〇五）

免費的十字架

最近，在德國巴伐利亞邦至少有三萬五千個十字架可以讓人免費帶回家。因為德國憲法法庭做出一項令巴伐利亞人目瞪口呆的決定：邦內各中小學內每間教室講台上方懸掛的基督受難十字架必須全數取下來，不得吊掛。

在巴伐利亞邦上學不但每天得面對講台上的耶穌受難雕像，而且在上課前還得來一番祈禱，甚至每週都固定有宗教課，請神父對兒童開講，這是所有南德人從小共同的成長經驗。憲法法庭甫做出上項決定，德國總理柯爾便表示，「對此決定完全不能理解」，巴伐利亞邦邦長史多伯及基社黨主席、財政部部長懷格立刻憤怒地表態，他們將動員人力在國會中把憲法改過來。

巴伐利亞的各教堂神父更是嚴厲指責憲法法庭的決定違反人性，一位主教認為，懸掛基督受難十字架不是向人傳教，因為十字架是西歐文明的表徵，也是西歐文化中最重要的基礎和傳統，怎可輕易廢去。還有人說，取消教室裡的十字架令人聯想到納粹和東德。因為只有在那種恐怖時代，才會對宗教信仰有所禁止。梵蒂岡在獲知這個決定後強烈表示，德國憲法法庭的決定是錯誤的若不框正思想，歐洲文化將陷入混亂並走上毀滅之路。

相對的，也有不少人認爲憲法法庭所做的決定十分正確，德國畫家導演亞登布許便說，學校教育本來便應維持中立，學生應有信仰的自由，不但十字架該取下來，連包含在一般所得稅中的教堂稅都應該全數取消，甚至還有人說，中小學校強制規定的宗教課更是可以停止了。

（一九九五）

馬丁．路德影響德國人深遠

馬丁．路德可能是中世紀以來影響德國人精神生活最深遠的人物，也是至今德國歷史最飽受爭議的人物。一九九七年是他四百五十歲冥誕，但是他究竟是宗教改革家或是叛教徒，甚至是一名反動的革命分子？幾世紀以來，他的功過在德國境內各界的看法仍無定論。

許多德國人從小在課堂上都讀過馬丁．路德的作品，也知道路德先生作品多得驚人，一百多部著作皆與宗教相關。他是徹底改變基督教文化結構的宗教改革家，發動了影響全世界基督教精神文化的革新運動。身爲神學教授，他摒棄教條，向腐敗的天主教教會提出挑戰，反對「贖罪劵」的出售，也因此被教皇逐出教會，之後，自行成立福音教會。雖則如此，也有很多德國人連他的姓「路德」（Luther）怎麼寫都不知道。

馬丁路德最受爭議之處有兩點，一是他的反猶太人立場，很多人甚至認爲他的著作成爲納粹集體屠殺猶太人的最好藉口。一九三三年，希特勒當權後，馬丁．路德攻擊猶太人的句子如「猶太人和他們的謊言」便成爲納粹黨人絕佳的宣傳用語。

馬丁・路德從希臘文翻成德文的聖經是至今被神學界推崇的最好版本，然而，在這本德文版聖經裡，馬丁・路德省略說明，許多言論中神只對猶太民族單獨說話——看得出來，他非常痛恨猶太人。但是在德國神學界也有人認爲，馬丁・路德不是痛恨猶太人，他只是痛恨猶太教，這是宗教上的歧視，而不是種族的歧視，他們認爲馬丁・路德不接受猶太人，但是他會接受受福音教會洗禮的猶太人。

另一個爭議點在於，究竟馬丁・路德是不是一位幫助王室殘殺勞動階級的反革命分子？或者別有隱情？第二次世界大戰後，東德淪陷爲共產政權統治，在彼時彼地，路德的思想又有別的詮釋，在共產黨人的說法中，他成爲不折不扣的反革命分子，在一五二四年的農民暴動中，他與被處死的勞動階級領袖湯姆士・慕茲的立場完全相反，慕茲是英雄的話，路德無疑便是狗熊。當然，受西德教育的人不一定同意這個看法。

撇開政治不談，路德對德國的近代發展做出很大的貢獻，他不但在他的時代維護了德國文化，使其不受法國和義大利的強勢文化侵入；他的「有理不怕」的挑戰威權心態，影響了後代德國人對法律的注重和自由的追求。最重要的，馬丁・路德的福音教會尊重弱者、保護弱者的精神，啓發了弱勢團體對追求社會福利的團結力。

這是爲什麼包括前東德首領何內克談到此人時都說，馬丁・路德是「傑出的日耳曼後裔」，歷史永遠無法將他的功績磨滅，而馬丁．路德的生平就像他自己曾經說過的一句話：「我站在這裡，別無他途，神啊，請幫助我，阿門。」

（一九九七）

「竟然讓黑人來送信！」

在德國住了十幾年並且和德國人結婚的欣姆，怎麼想都想不到，在德國當郵差竟然如此困難，一個簡單不過的工作，他才做了兩週便做不下去了，是他的智商不足嗎？不是，原因出在他的黑皮膚。

位於德東杜林根邦的一個叫法豆夫的小鎮，是一個平凡無奇的前東德小鎮，除了小鎮一些街道上偶爾會少一些門牌號碼，以及該鎮上有百分之四十的人家都姓「魏納」外，實在跟別的小鎮沒什麼太大不同，但是欣姆來到這個小鎮工作不到兩個星期就被逼得做不下去了。

當初，來自莫三鼻克的欣姆是在聽廣播節目時，得知德國郵政局需要暑假助手，便去應徵，他的條件不錯而且具有工作卡，因此很快被通知去上班，並分發到法豆夫去送信，由於欣姆並不住在法豆夫，對法豆夫的地理環境不熟悉，所以在送信的過程時常會向路人問路或詢問不存在的門牌號碼。

但是幾天下來，他發現，大部分的人故意將路指錯，讓他在小鎮上像迷宮一樣走來走去，心地單純的他沒想到大家會這樣對他，他也因為前前後後都在白忙，一般送信工作在下午便可以送完，但是他卻每天送到天黑。

糟糕的是，欣姆在送信時總有人會對著他嚷：「滾回你的非洲去。」或者，被叫「臭蟲」，不然就是「愛滋病鬼」，還有很多人知道他來按電鈴送掛號信，便故意不開門，他們說：「才不要打開門讓黑鬼送信。」鎮上逐漸知道他們有一名黑皮膚的郵差，有些人居然聚在一起批評郵局，「是不是找不到人了，竟然讓黑人來送信！」

於是欣姆只好向郵局請調送大宗郵件的司機工作，至少可以避免屈辱，他向郵局局長說明原因，郵局的人不敢相信在自稱民主國家的德國居然還會發生這種事，這件事傳開後，很多媒體連忙趕到法豆夫去採訪，沒想到仍然有人還大言不慚地對電視攝影機表示不滿，不滿的理由是郵局不重視他們，常常換郵差不說，還派個黑人給他們。

當然，法豆夫也不全都是這麼愚蠢閉塞及具有民族歧視的人，一群青年人便發起一個簽名運動，表示他們衷心站在欣姆這一邊，並希望欣姆早日回來送信，但是，已被調往擔任司機的欣姆則敬謝不敏，他說：好意心領了，但是回去送信，他則「怕怕」。

（一九九七）

哈森山來的少年

這幾年我很少走進劇場看戲。我總覺得怎麼看，大部分的演員都在咬文嚼字，導演賣弄視覺遊戲，演員演得汗水淋漓，口水滿天飛，布景費力地移動上升下降，我卻無法入戲。

我會分心在看布景，看節目單，看還有什麼可以看。觀眾都會在一些莫名其妙的時刻發笑，導演並沒有安排，但觀眾自己看到自己要看的東西，他們對莫名其妙的事情有興趣，但對戲的主題和張力渾然不知。

我是一個很難被取悅的觀眾。我對費力賣弄沒興趣。只對「正常」的人和事情有興趣，我覺得大部分的戲中人都不太正常。好吧，我的正常可能不是你說的那種正常，大部分的戲劇中的那種「不正常」只能說是「無聊」。再套一句東德劇作家海納穆勒的說法：眞實最難想像，大部分的人已失去想像力，連眞實都無法想像。他們把正常演得不正常，他們連說話的聲音都不正常，他們在「表演」。

我只想在台上看到一些眞實的人。我的想法是：連希臘悲劇的人物也有正常的一面，而最正常的一面通常便是最瘋狂的。

最近德國推出一部電影，內容是希特勒最後的日子，這部電影引起極大的爭議，尤其是布諾甘斯演的希特勒，有人責怪他演希特勒在家說話輕柔細語，與他在集會演講時的聲音截然不同，也有人怪他，怎麼講話總是在吼叫，人怎麼可能那樣活？這兩種看法便說明希特勒一定也有正常人的樣子，否則當年幾千萬名德國民眾怎麼那麼相信他。

好吧，言歸正傳。我最近在慕尼黑 Kammerspiele 劇場看了一齣令人開心的戲。戲叫「Benny Hill」，德文字是 Hasenbergl（哈森山），哈森山是慕尼黑的貧民區，住著一群一群的鐵皮屋難民，他們可能是從科索沃、土耳其、克羅埃西亞或阿爾巴尼亞甚至馬其頓來的非法移民，長期在這裡居住，生兒育女，德國政府幾乎趕不走他們。哈森山難民區裡的少年都管他們住的地方叫 Benny Hill，這些少年少女犯罪是家常便飯，典型的便是搶劫強暴或偷盜，一個叫梅梅特的十五歲土耳其少年殺了好幾個人，幹了六十件犯罪案，最後無罪遣送回土耳其，多少少女未婚懷孕離家出走，多少女孩淪爲阻街女郎，這就是哈森山的命運和悲歌。

現在慕尼黑最前衛的劇院在哈森山甄選演員讓他們來演戲，這齣由我朋友卡斯登・穆勒導演的戲就叫「Benny Hill」，來演戲的少年有事做了，一年前，導演還沒找上他們，幾個演員正計畫去砸一家店，因爲那家店的老闆出言不遜歧視過哈森山來的人。

現在他們固定來位於慕城高級名店街旁的國家級劇院演戲，他們有的還在這裡獲得半天打工的機會，好幾個傢伙因演得不賴已經被經紀人看上，以後可能去演電視劇或別的什麼。

這齣戲像派對，音樂吵得半死。因爲哈森山來的人都聽那樣吵死人的音樂。戲開演了，哈森山來的人都坐在台上看著觀眾，他們究竟是觀眾還是我們是觀眾？戲開演了，一個少年在牆壁上塗鴉，一個名叫梅梅特的少年，他開始講他的故事，別人開始唱他們的歌，那是科索沃的悲歌，他父兄在科索沃戰爭時都死了，他和母親來到德國，演戲的現在，母親可能還在擔心被遣返，他們不想回去，那裡已沒有家，但母親和他也沒有工作，他連上學都沒去了。他只唱著歌。

一個哈森山來的女孩跳著步履輕盈的舞步：你們知道在這個城市哪裡可以免費夜宿？答對有獎，沒有人知道？教堂？不對，教室？也不對，車站？警察會趕人，還有哪裡？還有哪裡？

我喜歡像「Benny Hill」這樣的戲，演員一點不做作，他們演他們自己，他們都是正常的青少年，來自哈森山，站在舞台上，他們用他們那最正常的聲音問：不然你想怎樣？

（二〇〇四）

芳心俱樂部如何繳稅？

色情業是人類史上相當古老的行業，在德國每年約有四十萬人選擇這一行。在綠黨多年運作下，色情業是正當合法的職業，妓女不但付稅，還可以享受健保或勞保。最近綠黨爲德國妓女進一步爭取權益，即妓女應比照一般行業，每年可休三十天假，另外工作滿二十年可領退休金。

這個可望通過的法令聽來頗爲人性，絕大多數德國妓女卻不領情。事實上色情業合法化是一回事，但要將色情業納入一般行業法規，實行起來困難重重。

色情業在德國雖合法，各省規定仍有差異，一般色情業皆限定在一定範圍內開業，絕大多數城市色情業設在郊區，只有少數允許開在市區，內行人知道，妓女戶正如餐廳也分等級。高級妓院營業方式是老鴇（通常兼任保鑣）帶領數個至十數個女郎，老鴇除支付妓女及妓院支出，還替她們繳稅，所得和妓女拆帳，一般嫖客皆慕老鴇之名而來，老鴇也會根據顧客口味「撮合」適當人選。

多年來妓院經營已傾向俱樂部形式，高級妓院如慕尼黑的「芳心俱樂部」，消費額之高幾乎只有上流社會負擔得起，這家妓院宣稱：「混在圈內才算上流」（in is who is inside），慕尼黑阻街女郎幾已絕跡，但在漢堡，城西著名的里波班街夾雜「妓女院」、「俱樂部」及滿街守候的特種營業女郎，其中以阻街女郎價格最低賤。一些城市也有所謂「出租套房」或「健康按摩」等廣告，一般嫖客看到自然心裡有數。

德國綠黨爲了照顧妓女福利，在修法上動了很多腦筋，基本上所有營業的妓女要先註冊並交稅，在工作上一旦發生糾紛，譬如若和嫖客進行交易而嫖客不付帳，妓女有權告嫖客，且政府需負擔律師費用等，這諸多對妓女有益的法令，德國妓女卻不理不睬。

說來是色情文化特性使然。以歐陸妓女業而言，任何妓女在進行身體交易前會先收費，這是行規，因此很多德國妓女對綠黨爲她們爭取的權益，便認爲太外行而不屑一顧。另外，要休假或拿退休金，妓女需以本名登記註冊，但絕大多數特種營業女郎都離鄉背井、隱姓埋名，只肯使用化名，一旦前往註冊，身分便會曝光，幾乎沒有人願這麼做，何況一旦自報姓名，稅捐處會追查舊帳，沒有人會有興趣去讓人翻老帳。

而按照德國工會規定，每週工時不得超過四十小時，一年可以休假二十天至三十天，對一般行業，執行起來很容易，但對特種營業便非常困難。而工會自然也無法規定每個妓女每天接客人數，譬如，在性愛虐待事業上，究竟要鞭打嫖客幾下才符合工時？才有休假福利？其實簡單說，每個妓女工作品質不同，老鴇不可能支付妓女月薪，因此在推動休假制度上難上加難。

在德國，一旦綠黨推動的法令通過，未來不但老鴇，連妓女都必須另請稅務顧問才能搞清楚什麼時候可以休病假，甚至若不休假，每天要接幾名嫖客才能免稅。而妓女報稅時，是否一定會將每天接客人數據實申報也不無疑問，嫖客更是千萬不要留下蛛絲馬跡。

（二〇〇一）

誰要當苦哈哈的女人？

德國女性觀眾終於有一座女性專屬的電視台了，號稱爲後現代女性所成立的TM3 女人電視台已開播。

七〇年代起，德國的女權運動浪潮湧現，不亞於北歐、法國及美國，當時許多女權運動者極力要求男女平等，特別是在法律的修訂上，她們要求女性擁有參政權，在工作上則爭取女性同工同酬，享有妊娠育兒的休假權利，甚至要求女性可以服兵役等，現在終於爭取到女性專屬電視台了。

在德國，女性主義及女權運動的威力果眞如此無遠弗屆，有求必應嗎？如果你眞的這樣想那你就錯了。TM3 女性電視台的成立，不但跟女性主義或女權運動完全無關，電視台的構想根本源自男性，這家 TM3 電視台的老闆、股東，甚至節目部經理，全都是男人，爲什麼呢？很簡單，傳播媒體界完全由男性掌握，就像政治界。這也是爲什麼百分之百男性化的德國傳播媒體現在甚至有權力將女性主義轉化成他們手中的籌碼，改裝成他們的商業利器。

只要觀察後台老闆的背景就很清楚，當初女性電視台成立的原因絕非針對女性主義，或者關心什麼女性的聲音和權利。老闆之一漢斯保爾是一位出版界的名人，爲了賺錢，他甚至出版色情雜誌，老闆之二克勞拜來自電視界，由於他已擁有一家娛樂電視台重要股份，按照電視台經營法，他如果還要再投資電視媒體，只有另闢特殊類型的路線，於是，專爲女人服務的電視台便成爲最好的投資藉口。

成立女性電視台不是一個無利可圖的商業點。兩德統一後，德國女性人口總數達四千兩百萬人，三分之二的電視廣告產品對象都是針對女性，而且看電視的女性人口持續穩定地增加中，投資電視台不考慮這群消費群才怪。TM3在第一年將投下一億馬克（約十五億五千萬元台幣）的經費，而未來總投資額將視市場反應而定。

TM3女性電視台爲什麼叫TM3？眞正的原因是「找不到更好的名字」，所以取了這個像休士頓太空總署的火箭名稱，TM3的問題還不只是找不到好名字，TM3還缺兩件東西：一是節目風格，一是女性總裁。根據TM3的調查統計，德國女性觀眾最喜歡看的節目是醫院影集、肥皂劇、日常閒聊的脫口秀或叩應節目，譬如訪問一個生育十個小孩還能保持美貌的女士，談如何保持苗條身材等。最沒有興趣的節目是政治和體育。TM3表示，未來該台的節目風格將會朝上述類型開發，也就是以商業化掛帥，至於所謂的電視節目「女性訴求」，至此已完全被徹底消費化了。

TM3是一個專爲後現代女性而成立的電視台，但絕不是一個爲女性主義者所成立的電視台。該台表示針對的對象群是二十歲到五十歲具一定教育程度、性感、時髦、女性化的新女性，也就是說介於美國電影「麻雀變鳳凰」的茱莉亞．羅勃茲和德國暢銷影集「安娜．瑪麗亞」女主角之間的典型，安娜．瑪麗亞是一名富商的妻子，她在丈夫死後走投無路，只好獨自撐下一個龐大的家族企業。想一想，這兩種典型便是 **TM3** 女性電視台所稱的「新女性」！

TM3 的出現說明了一個事實：德國的女權運動浪潮已明顯衰退，苦哈哈的女性主義者形象早已不合時宜。現在是後現代長腿妹妹（Girls Like）的時代了，德國女性在幾十年來女性主義英雌前仆後繼的奮鬥後發現，其實她們還是喜歡當家庭主婦，打扮得漂漂亮亮、受男人的寵愛，有什麼不好？值得令德國女性深思的是，在九〇年代，一股女性主義的反撲風氣已逐漸籠罩。

（一九九七）

（註：這家電視台已於二千年結束營業。）

魚不要腳踏車

九月的南德，天氣已冷得像冬天。從慕尼黑的市標聖母教堂望去，天邊一片彤紅，剛剛失戀的西蒙匆匆從書店走出來，抱著幾本新買來的書，很快地消失在市政府廣場前的人群裡。

西蒙今年二十五歲，但是她已經很老了，雖然她才二十五歲。她是我所見過最好看的德國女人，也是最聰明及最愛讀書的德國女人。

西蒙喜歡穿迷你裙和長靴，當然她也有一雙好看的長腿，她在街上走時，不管什麼人都會看她，就像看一本書的精采封面，而西蒙的心很恍惚，雖然她知道她擁有可以召喚別人的魔法，但是她跟大多數人一樣偶爾感到空虛，更常常寂寞，她需要別的力量，她需要被一種想法喚醒，她需要愛。

西蒙三年前愛過一個人，那大概是她唯一愛過的男人，那時的她太年輕了，或許也不是因爲年輕，或許她的肉體背叛了她，她的靈魂在那裡冷冷地看著，她當著男人面前和別的男人調情，她常常不回家，去和不同的男人睡覺。她徹底地傷了愛她的男人自尊，一天，他不愛她了，從那天起，她發現自己從來沒愛過任何人，除了他。

在明瞭愛情原來如此虛妄後，西蒙開始讀書，她的生活再沒有男人，只有書，她讀普魯斯特，迷上普魯斯特的寫作方式，普魯斯特的《追憶似水年華》讓她很悲傷，非常非常悲傷，普魯斯特是悲傷的，因爲他也對愛情的本質感到絕望，但他的小說人物卻一次次投入無望的愛情深淵中，西蒙的心在深深嘆息後得到紓解。

西蒙的妹妹叫瑞貝卡，也長得很美，但卻很自卑，她和西蒙完全不一樣，十八歲那年認識一個作家，從此之後，她便失去自信，她也寫作，但她總是在模仿他，甚至將文稿請他改，請教他如何寫作，他幫助她，他甚至替她寫，但是瑞貝卡與自己過不去，她覺得她一生都跟不上男人的步伐，爲了寫作，她開始酗酒，她的身材走了樣，她把自己關在房間裡，一瓶接一瓶啤酒，她在房間裡踱步、抽菸，對自己房間的陳設不滿意，她幾乎每三天便改變家具的位置，她其實是對自己的生活不滿意，她逐漸和自己抗爭，她需要一個屬於自己的空間，她需要和她崇拜的男人有所區隔，她需要分房獨睡，半年後，她的作家男人離開她，和一個一見鍾情的女人一起去南美。

瑞貝卡還是留在房間裡，她不再喝酒也不接電話，只讀書，一本接一本，她讀《戰爭與和平》和《安娜．卡列妮娜》，那兩本書救了她，她雖然痛苦，但已感到平靜，之後，她瘋狂愛上一個在監獄服刑的男人，在空間及時間的阻隔下，她的愛獲得解脫。

根據統計，百分之五十的女人喜歡讀犯罪偵探小說，其次才是歷史、文藝小說，再其次才是新女性小說。

西蒙和瑞貝卡的母親是一個冷漠、嚴肅的中年女性，她在中學教書，常在寒暑假和丈夫去旅行，他們喜歡北歐風情，也常去西班牙，她們的母親喜歡讀新女性小說，譬如 Hosemunde Pilcher 或 Hera Lind，像著名的一本《魚不要腳踏車》（*Fisch Onhe Farrad*），描述一群離開男人的女性如何在共同獨立的生活中得到快樂，她們的母親也讀昆特．葛拉斯的《錫鼓》。

西蒙從來不把自己的事情告訴母親，她無法和母親溝通，雖然她試著親近母親，但母親的想法不一樣，她覺得母親從來沒愛過她，母親只愛她自己的丈夫。

西蒙有一個女朋友克麗斯汀，一個結了婚的德國女人，年紀約四十歲，先生事業有成，而她一直想生一個孩子卻不如願，所以很憂鬱，她每天在家讀書，像吃飯一樣把書讀下去，她只讀偵探小說，從 Cornell Woolrich 到 Joseph Wanbaugh，甚至到 Patricia Highsmith，無所不讀，一本《黑色的不在場證明》（*Black Alibi*）她便翻了好幾遍，克麗斯汀的丈夫不但在辦公室忙，在家時也忙，他忙的時候，克麗斯汀便把食物擺在門口，丈夫會端進書房，一邊吃一邊打電腦。克麗斯汀便在自己的房間裡不停地讀小說，有時必須熬夜地讀。

西蒙最近失戀的對象，是一個跟她一樣年紀的ＤＪ，他從來不讀書，他從來不曾讀過任何一本書，西蒙說他們的關係只能維持在身體的需要，但她全心全意地愛他，而男人害怕讀書的女人，他總是以他的粗魯來吸引她的注意，他總是以拒絕來掩飾自己的無知，男人也愛過她，西蒙說，但男人以逃離的方式來愛她。

西蒙說，她一定會再重新讀一次普魯斯特。

（一九九六）

摩妮卡的故事

德國女人摩妮卡因九年前的一件殺兒案，不但坐了九年牢，而且成爲德國社會所不齒的邪惡母親，爲了與情人共奔美國，不惜將自己兩個幼女活活殺死。摩妮卡殺兒案九年前轟動一時，九年後她出獄的今天，輿論又爲之譁然，摩妮卡不但可能無罪，殺死女兒的可能便是當初宣稱清白的父親，也是摩妮卡的前夫魏瑪。

一九八六年八月三日，是一個週日，一對夫妻關係正瀕臨破碎邊緣，男方坐在客廳看電視新聞，女方將兩個孩子送到浴室，爲她們洗澡，然後要她們上床，八點十五分左右，她離開家去和她的情人見面，這一點她的丈夫很清楚。

十六個鐘頭後，兩個天眞無邪的孩子被殺死了，死得相當悽慘，一個五歲及一個七歲的女孩，竟然被活活扼死。

這件謀殺案立刻成爲九年前德國的焦點新聞，根據警察局蒐集的證據，凶手可能性只有兩人，不是摩妮卡，便是她的丈夫魏瑪。由於兩人都說自己無罪，而法院在偵查多時後，也缺乏明顯的直接證據，但最後還是宣告偵破，判決摩妮卡有罪。判決的主要理由，一是摩妮卡的證詞前後不一致，二是摩妮卡的鄰居太太在兩個孩子死亡前後，目擊摩妮卡帶著她們坐上白色轎車，離開家。

入獄後的摩妮卡曾經在日記上多次提及自殺，她突然失去兩個女兒，而且無緣無故被判終身徒刑，對她而言形同青天霹靂，然而，一種置之死地而後生的力量，使她在九年當中不斷爲自己重獲自由而奮鬥，她在獄中爲自己聘請律師，準備一切資料重打官司，目前她已獲得假釋。

事實上，致使摩妮卡入獄的最重要證人，也就是鄰居太太，其證詞已被證實是一則謊言，她所指稱的時間孩子已死亡多時，根本不可能成立。根據摩妮卡近日的自白，八六年八月三日她出門後，整夜與美國男朋友派特在酒吧喝酒，四日早晨她回家時，她看到她前夫低著頭在流淚，她問他爲什麼哭，而他並未答話，一邊喝著啤酒。然後，她到孩子的房間，當她走到床前抱著她們時，才發現兩個孩子都死了，她立刻打電話給醫院，這時前夫走過去對她大吼：現在誰也別想得到孩子！摩妮卡後來表示，她當時證詞之所以前後不一致，是因爲不願前夫坐牢，而爲什麼有這種感覺，是因爲她自己有外遇，對前夫很愧疚。

目前，摩妮卡案還沒有正式定案，但德國媒體卻一改九年前字字句句把她當成凶手的新聞處理，全面認爲她無辜坐了九年牢，而政府卻沒有重大補償。

其實，摩妮卡當初之所以被判重刑，原因是出在當時德國社會的父權價值，一個有外遇的母親當然是比較傾向像邪惡的凶手，當時指證的鄰居太太有好幾個，大家也都認爲摩妮卡行爲不檢，甚至因此做了自己不清楚的僞證，而法官在社會輿論的壓力下也一致偏袒男方。

（一九九七）

黑手黨教父不能當父親？

在義大利，提到托托．里納這個名字，無人不心驚膽跳。西西里島的黑手黨「教父」托托．里納多年來所幹下的勾當多不勝數，他一名手下背叛他去向警察告密，他親手將密告者幼子身上的皮一層一層剝下，不但把無辜的孩子活活折磨至死，並將照片快遞到密告者手上，連負責追查黑手黨的最高檢察官法官全家都逃不了，在全家出遊的車上被托托．里納炸死。

這件發生在幾年前的爆炸事件給西西里帶來空前的震驚，在各方都堅持捉拿凶手下，托托．里納沒有好下場，目前終生監禁在牢裡。犯案的凶手被剝奪公民權利是一般的共識，但是「黑手黨教父有沒有權利當父親」最近在西西里黑手黨起源地柯里奧能（Corlerone）爭議不斷，焦點便是殺人不眨眼的「惡魔」托托．里納到底是否應喪失教養子女的資格。

鑑於黑手黨的下一代在家庭環境的耳濡目染之下，絕大多數都會步上父執輩的後塵，柯里奧能市偏左少壯派市長西皮亞尼提出一個方案，即緝拿到案的黑手黨人同時失去其教養兒子的權利。

西皮亞尼市長認爲，黑手黨人既然步入惡途，其思想人生觀也偏離正軌，由這樣的人來教養兒女，只會給下一代負面的影響，也使得黑手黨一代傳一代，永續不絕。他建議，捉拿到案的黑手黨沒有教養兒女的權利，其兒女得歸政府教養，而政府則應指派專家和教育人士將之引入人生正途。

西皮亞尼市長的有心建議目前卻在義大利各界引起爭議。反對者認爲，只有過去在蘇聯極權時代才有這種「思想改造」的法律，凶手因犯案而喪失爲人父的權利，並不符合人權思想。

吵歸吵，黑手黨下一代教育問題到底應該從何下手，義大利政府仍沒有任何良方。

（一九九八）

你是軍人，你就是殺人兇手？

去年，德國警察在柏林街上逮捕了一位德國公民，因爲他在車子上貼了一張貼紙：「你是軍人，你就是殺人凶手。」隨即，他以「誹謗國家軍隊」罪名被德國最高法院憲法法院起訴，德國輿論針對這個話題展開一段長時間的論戰，並且傾向支持個人言論自由，主張言論無罪，最近，憲法法庭宣判，此人無罪。

大約同時之間，曼因茲市法院也做了類似的判決，曼因茲市一份地方報以首頁標題刊登：不能當兵，所有的軍人都是潛在性的殺人凶手！也一樣被判決無罪。兩例一開，整個德國爲之譁然。

德國總理柯爾發言了，他說，他無法接受這個判決，捍衛國家安全的軍人怎麼可以與殺人犯相提並論？德國國防部長魯爾說，這個判決根本是個醜聞性的錯誤，下薩森邦邦長畢登柯夫義正辭嚴地表示他的看法，「我有三個兒子，其中兩個各服了兩年的兵役，一個兒子甚至當了十一年的軍人，對我而言，這樣的判決形同污辱！」

憲法法院繼判決巴伐利亞邦各級學校不得強制規定在課堂上放置基督受難像後，

判決這個言論無罪，使得很多保守政客急得跳腳，他們最無法忍受的事實便是德國法院愈來愈自由化，簡直「沒有約束」了。

定奪該案的法官費雪事後被媒體捧成英雄人物；其實他並不願意做下如此的裁決，他無可奈何地說，很可惜，德國憲法法院注重個人言論自由甚於軍人尊嚴，儘管他認爲最後這項判決是相當「自大、充滿質疑性、社會政治感錯誤」的，但他說，他除了開釋無罪外，別無他法，只好做下痛苦的決定。

在美國，同樣的事情根本不可能發生，美國不可能擁有這樣的民主，美國憲法以國家至上，任何人不可能因誹謗國家或國家的軍隊而被判無罪。在六十五年前，一位德國作家也在一篇文章上寫下這樣一句話：軍人是殺人凶手！當時他被判有罪，罪名便是「誹謗國家軍隊」，是德國法律愈來愈自由化？愈來愈人性化？或者愈來愈無政府化？言論的自由，在德國可見一斑。

（一九九五）

哈利，把車子開過來

每週五晚上八時十五分，德國前總理柯爾無論多忙，必定坐在電視機前欣賞他最鍾愛的電視節目——德瑞克。不但是柯爾，前總統魏茲克也是這個節目的忠實觀眾，而且他們兩人都說，德瑞克代表德國人，也拯救了德國人對外的形象。

德瑞克（Derrick）是德國公共電視台（ZDF）製作的偵探影集，每週播出一次，一共播出了二十一年共二百五十集。它不但是全德國收視率最高的電視影集（曾達百分之九十九點二），也是德國電視台對外最暢銷的影集，銷售地達五大洲九十四國，而且在世界各地也同樣受歡迎。中國大陸也買了影集版權，上海公安局局長甚至把德瑞克拿來當教材，教育該局的公安人員。

過去，德國人對外的形象並不明顯，有的也是美國好萊塢自五〇年代以來的固定模式，一些納粹軍官或爲納粹服務的德國人，講話粗魯、行爲無禮，而且精神狀況都有問題，而德瑞克的出現，的確逐漸洗刷了這種固定的錯亂形象，代之的是有效率、有人性、孜孜不倦、誠懇的德國人形象。在歐洲，上至挪威下至義大利，到處都有英雄德瑞克的崇拜者，這些人不但認同德瑞克，間接地也認同了德國人。

德瑞克每集的製作費約兩千萬台幣，故事內容是警官德瑞克辦案的過程。德瑞克警官是個普通的人物，說話不多但給人感覺很溫暖，飾演德瑞克的演員已演了二十一年，其貌不揚，眼袋甚至嚴重下垂。在劇中他總是一手插在褲子的口袋裡，仔細聆聽助手的報告，然後冷靜地說：「哈利，把車子開過來。」他的對話簡單，對嫌犯和凶手都一樣禮貌客氣。將凶手繩之以法後並不沾沾自喜，反而一副悲傷的樣子，這就是爲什麼這麼多觀眾認爲德瑞克影集「充滿人性」。

這個影集於七〇年代開始播出，男性編劇對女性的描述並不重視，影集中的女性全是附庸，毫無個性。

此外，德瑞克也是一個相當保守、右派的影集，並未脫離一般偵探片的窠臼，很多文化學者對它受到廣大觀眾歡迎也頗感不解。

這個影集的編劇韓尼克（Reinecker）是納粹時代的作家，早年撰寫不少舞台劇劇本，其中處處充滿納粹色彩，沒有人想到多年後，一個納粹思想作家改寫偵探影集，居然還能受到全世界觀眾的歡迎，不奇怪嗎？

（一九九五）

每天都頭條新聞

電視新聞記者伯恩今年三十五歲，他專門以拍攝熱門焦點新聞起家，無論德國境內發生什麼事情，他總可以拍到驚人的畫面，在德國電視新聞圈內逐漸小有名氣，因此合約愈來愈多，後來乾脆成立一個工作室，聘請許多人替他工作。

他所提供的節目常常在熱門電視時段中播出，最著名的例子如下：前幾年新納粹暴徒四處滋事，之後風波稍稍平息，伯恩竟然獨家專訪到歧視黑人的美國非法地下組織**Ku-Klux-Klan**暴徒分子，該組織來到德國與新納粹黨徒結盟，在德國大肆慶祝，不肖黨徒在黑夜中做死神裝扮，透過電視鏡頭喊「希特勒萬歲」，令人毛骨悚然。

又如，他拍攝到一些德國人嗜好殺生，竟然購買貓隻置於森林內，集體射殺爲樂，在鏡頭中，一隻隻貓兒死於槍彈之下，令愛護動物的人不禁義憤填膺，恨不得將這群敗類揪入監牢裡。

不止如此，伯恩還常常有國外行，如：著名的瑞典家具連鎖公司**IKEA**所賣的印度地毯竟然是印度地毯商虐待童工的產品，鏡頭下一群瘦小的印度兒童夜以繼日坐在暗無天日的紡織機前，編織的就是IKEA賣的地毯，新聞一播出之後，很多人不買IKEA的毛毯了，該公司只好和那家地毯公司停止合約。

類似的節目不勝枚舉，伯恩成立工作室以來，賣出的熱門焦點新聞便有二十幾個，每次節目播出，總引起各界極大的反應和迴響。然而，上週，德國警方在調查後向法院控告伯恩的節目全係杜撰。說來有趣，警方因重視過去伯恩拍攝到黑道槍枝走私的新聞，並列爲線索，展開追緝調查，沒想到，在檢驗嫌犯的聲音過程中，發現不同的聲音卻由同一個人發出，而這個人便是伯恩聘請的演員，警方轉而調查起伯恩，結果發現由伯恩工作室所製作的新聞畫面全部都是由工作人員自行扮演，除了表演外，工作人員還負責道具、服裝製作及場景的布置，整間新聞工作室簡直就是一個小劇場。

這些工作人員不但扮演做死神裝扮的不肖黨徒，還買了一群貓，用槍枝一隻隻將貓射死，或者收買印度地毯商，要幾個童工試著編織IKEA所賣的地毯，所有的畫面都是「做」出來的，伯恩工作室的人每天忙著看報紙電視，一旦嗅出有利可圖的新聞點，便設法表演並錄製出來，然後向電視媒體高價兜售，獲取暴利。

在惡性競爭下，電視台爲了收視率常常放棄對品質的監控，這便是伯恩這類人物崛起的根本原因，一位德國電視新聞節目製作人誠實地說，電視新聞很容易「腥羶」和做假，此惡風在全世界盛行，只是做假程度和品質的不同而已，其實若深究下去，眞正有罪的人不是伯恩那幫人，眞正有罪的應該是電視台的節目製作人，因爲他們對老老實實的節目沒有興趣，他們要的是可以製造高收視率的腥羶節目，另外，廣大的電視觀眾也有罪，因爲大眾只想看腥羶及聳動的現場節目，在這股惡風下，伯恩之流反而變成了受害者。

（一九九七）

啤酒園的革命

「五·一二」未來將成爲德國文化史上重要的一個代號。一九九六年五月十二日當天，來自巴伐利亞邦約兩萬五千位啤酒園愛好者群集在慕尼黑市政府廣場前，他們吶喊著一個共同的口號：拯救啤酒園！在這一天，來自不同黨派的示威者全到齊了，不同政治理念的政客更是守時地發表談話：革命志士們，辛苦了，我們保證一定立法保護啤酒園。

沒錯，這場示威聚會被喻爲一九一九年以來最大的革命。一九一九年第一次世界大戰剛結束，戰敗的德國曾短暫地將巴伐利亞交給蘇俄人統治，那一年，啤酒愛好者最盼望的便是啤酒園能「共產化」。而早在一八八八年，幾千名慕尼黑人便徹夜聚集在警察局門口示威，爲的便是抗議當時的政府決定將啤酒的公價提高一分錢。

五月十二日的啤酒示威由來是這樣的：位於巴邦大城慕尼黑一座五百年歷史的啤酒園（Wald Wirtschaft）被附近有錢有勢的居民抗議過於喧譁，向法院要求該園提早結束營業時間或者關閉該園。抗議書上洋洋灑灑羅列了很多個無法令當地居民忍受的理由，如：啤酒園從早到晚都有現場樂隊伴奏，吵不勝吵，而每天專門開車來該園喝啤酒的車主在附近繞來繞去找停車位，擾得居民心神不寧。加上每天都有醉鬼找不到回家的路，甚至就著樹幹便小解起來。這些有錢有勢的住民不乏大企業業主，就動用一些遊說力量，非把這個啤酒園告倒不可。

但是，沒想到這個舉動卻引起民憤，五月十二日來自各地的啤酒革命志士下午五時圍集在市政府廣場，民情沸騰，巴邦邦長及出自巴邦的德國財政部長都上台講話了，財政部長懷格說：「我是在啤酒園內結識我太太的，我畢生全力支持啤酒園！」而巴邦邦長史托伯更是順應民意，他說：「我最親愛的革命志士們，我向您們保證，啤酒園每天可以自由營業到半夜，最後點酒時間是每晚十點半。」

於是，這場號稱世紀以來最大的啤酒革命便告結束，也是有史以來最短的革命，全部歷時才十九分鐘。十九分鐘後，兩萬五千名巴邦人士便到啤酒園去大肆慶祝了，當然是大喝啤酒囉。

（一九九六）

一份可以改變德國的報紙

它不是質優的報紙，內容也毫不深入，不但聳動，有時煽腥到不行，不少知識份子對它恨之入骨，但它有廣大民意背景，是名流和政客最愛又最怕的媒體。在德國，它是影響力最大的新聞媒體。一份可以改變德國社會和政治的報紙。

這份報紙叫畫報（Bild Zeitung），它不祇是全德發行最廣的報紙，發行量近四百萬份，閱讀量則近一千兩百萬（德國總人口八千多萬），是全德最具代表性的報紙，已有五十二年歷史，畫報的創辦人是亞賽爾・史賓格，他想辦一份簡單明瞭的報紙，有豐富好看的照片。他的想法是受到英國每日鏡報的影響。

畫報現象是德國戰後最重要的社會現象之一。史賓格當初的想法到現在都是媒體成功之道。美女、名流、聳動驚人的照片，一目了然過眼難忘的標題。從早期的總編輯魯道夫・米夏耶到前幾年的凱・迪格曼都奉行一樣的編輯政策，只不過，美女照片早已經開始露兩點了，且頭版照片幾近半版，多半便以美女露兩點的照片爲主。

史賓格在報紙發行成功之後便表示，畫報不是害羞的報紙，它絕不會故做中立，少數人可能認爲這不符合新聞倫理，但那些人不是畫報訴求的對象。畫報主要讀者群是北德地區的初中畢業以上的藍領中下階層。

早期的畫報較多社會人性議題較少報導政治，六〇年代後，畫報決定其反共產主義路線，對當時的東德和華沙公約諸多批評，也反對兩個德國政策。不過，七〇年代初，畫報又離開政治議題，走小市民風格，發行量直線上升，雖少報導政治，但史賓格很確定其兩德統一及支持自由市場經濟的立場。

今天的畫報有幾千名員工，已成爲一個龐大的新聞機器，根據畫報修正的最新政策，他們希望保留原來的編輯風格，照片大，圖說一清二楚，以及隨時引起話題和議題。但是現任總編輯拉哈斯還加強一點，他希望畫報也能在嚴肅性新聞上領先，能引領風騷，帶動更多其他新聞媒體的轉載，爲此，畫報高薪聘用專業記者及顧問群，一些專業記者對畫報的形象或有顧忌，畫報都不惜高薪說服。

畫報的題目常常繞著犯罪、性問題和暴力打轉，而名流人士的報導和運動也是專長，政治報導反而居後，除非是醜聞，畫報集中精力報導政客的不當舉止和施政。此外，畫報也經常刊登意外事故、氣象及保健的題材，星座和名人專欄也很固定。

批評畫報不關心時事和政治也許過於挑剔，畫報因集中在政治醜聞的揭發，也由於一目了然的照片和提要，且保有德國人喜歡但少有的幽默，反而引起更大迴響。典型的例子是柯爾在最後一任總理當選後，並未遵守他在選舉開出的支票，而同時畫報發現他剛好出外時摔了一跤，由於德文一語雙關，畫報以頭版頭條登出照片，並只有一句標題「柯爾食言（掉下來）了」，這做法引起的注意反而多過嚴厲的左派專業報紙。其他有名的標題還包括：西方坐而不行（一九六一年批評西方任憑圍牆築起），月球被美國人佔領！（一九六九年報導月球的登陸）早安，德國！（報導一九八九年圍牆的倒塌）。

由於畫報讀者教育程度偏低，畫報的文字也儘量簡單化，以「我們」造詞，希望爲小市民代言的心意甚爲明顯，當政治事件新聞有擴大現象時，畫報會爲「小市民」立文圖說，皆以初中生便可理解的文字。美編的構圖混亂，以圖大外配圖說爲主，色彩紅黑白三色極端對比，以凸顯版面感受。

畫報的缺點是因爲簡化新聞，有時會混淆複雜的議題，且要求即時性，查證不是很全面，其煽腥及鼓動讀者情緒的作法使知識份子深惡痛絕，包括諾貝爾文學獎得主亨利．波爾及葛拉斯等人都拒看畫報，已逝的文學家湯瑪斯．曼之子葛羅曼甚至直截了當地認爲：畫報是德國最大的亂源。

無論如何，畫報是全德也是全歐洲閱讀率最高的報紙，旗下事業眾多，包括週末報和婦女及汽車電腦週刊等。在德國報業不景氣之時，畫報仍然是最賺錢的報紙。

本土文化再度流行

二十多年前，德國的電影和流行歌曲風起雲湧，彼時，德國電影如法斯賓達、荷索和溫德斯等人的影片賣到世界各地，而流行歌壇的「摩登談話」及女歌手妮娜（Nina）的唱片也狂賣了好多年，那時，電影界都封以當年現象爲德國新浪潮，現在另一波新新浪潮又出現了。

沉寂了十數年，德國流行文化和電影幾乎被美國產品壓得喘不過氣，但是去年，德國境內的氣氛丕變，一種新家鄉主義，在地主義的思潮逐漸形成。德國人開始以自己的流行文化爲豪，市場的取向和口味也隨之而改。

此外，美國在九一一事件後，文化思想趨向保守，美國政府和布希的好戰形象及霸權思想已在歐洲引起惡感，德國年輕一輩多數反戰，因此對美國的觀感受到影響，使用美國貨或美語已不再是酷的表現，反而有點政治不正確。

電視廣告一向是社會文化的鏡子，德國電視廣告這一年在風格內容上最大的改變便是強調德語和本土，過去德國廣告習慣使用美語做口號（SLOGAN），不但對美語完全不排斥，甚至還被當成流行。在電視上幾乎時時刻刻都可以聽到美語用詞：COME IN AND FIND OUT（日常用品連鎖店）POWERED BY EMOTION（電視台招牌詞）DRIVEN BY INSTINCT（AUDI車），對德國人而言，廣告用詞使用英文意味便是氣勢盛大，有國際觀，總之，德國人會說英語，對英美語的形象極爲正面。使用美語一直是流行的保證。

但潮流開始改變。不但美國流行歌曲不再蟬聯德國的排行榜，美國暢銷書的市場也大幅減小，德國境內的年輕樂團如雨後春筍，他們現在不祇在俱樂部或酒店唱，多半佔據廣播電台和流行樂電視台的大半重要時段，SILBERMOND（銀月）和JULI紅透半邊天，他們再也不唱美語，直接就唱德語，以前德國歌手會覺得用德語唱流行歌有點不好意思，彷彿只有英語才是流行樂曲的正統，現在德國歌手自己做詞，歌詞比美國流行歌更有文字素養，一個樂團叫WIR SIND HELDEN（吾輩英雄）的歌詞更驚人，全面批判美國文化，反主流，反資本主義，反全球化，但這些人以批判文化創造流行，竟然能叫好又叫座。

上一次的德國新浪潮電影運動，出了一群名導演，造就了德國現代電影的名聲，新浪潮最重要電影導演法斯賓達便是熱愛美國電影的人，他在許多電影中模仿美國經典影片。但此波德國新電影不再奉美國電影爲圭臬，相反地，以嘲諷爲市場目標，一部模仿美國電視影集（STAR TREK）的德國電影，改編成男同志之間演出，穿著一樣的制服，但內容令人發噱，都是德國人在地流行文化的展現，影片第一部便衝破兩千萬歐元票房，遠勝哈利波特及美國電影，同時之間，以希特勒最後日子爲題材的電影銷路也遠遠超過當初的預期，佔排行榜第四名，第三名也是德國片七矮人。以前德國電影只有敬陪末座的份，只有美國片才是票房保證。之前三季賣一億一千零五萬歐元，德國電影幾乎佔了三分之一的市場。

美國文化不再吃香，德國現在是本土文化當紅，當年戰後德國經過自省自覺，興起家鄉文化，無論是電影或流行歌都以家鄉入題，講家鄉話，後來逐漸不再流行，現在新家鄉主義又流行起來，老歌老廣告老招牌都不再是土包子，反而是最「達達主義」的表現。

總之，德國人的自覺又回來了。這次他們發現美國流行文化太膚淺了，何必凡事假諸美語，在這種自覺下，很多美式語彙已不再時興，如 FITNESS 或 DIAT。甚至美國盛行的減肥食物和理論也不再受德國人歡迎，德國人認爲，美國人老強調蛋白質的重要，認爲碳水化合物不能吃，可是「我們德國人都是吃馬鈴薯長大的，沒有馬鈴薯哪成？」

從德國看美國，可以預見的是，未來美國流行文化不會再領導主流和市場，美國流行文化工業也會衰退，而歐洲，德國的現象已有擴大跡象，未來歐洲可望在流行文化工業上趕上美國，甚至取代美國。

巴格達來的消息

戰爭才剛結束不久，好幾本戰地記者的日記便被搬上德國書店書架。其中有一本最引人注意，是全德電視新聞台ARD的巴格達記者克羅斯的戰地日記《*Mein Bagdad Tagebuch*》。

史提凡・克羅斯（Stefan Kloss）三十六歲，他來自德東萊比錫。當美國攻打伊拉克的動作愈趨明顯時，全德電視新聞台開始運作戰爭新聞，而該台駐中東資深記者卻因安全理由拒絕進入巴格達。彼時自由撰稿人克羅斯已登上飛機前往巴市，他成為最早進入巴格達的外國新聞記者之一，也開始為全德電視新聞台報導巴格達來的消息，他說他「不怕死」。

克羅斯的招牌動作是做現場報導時總是以右手摀住耳朵，似乎時時刻刻擔心連線中斷，因經驗不足，他也經常以英語當場指揮伊拉克攝影師應該選擇什麼鏡頭及入鏡時間長短，看他報導巴格達簡直猶如聽取伊拉克新聞部長做戰爭簡報，奇怪但趣味橫生。

由於他是自由撰稿人，他不只為全德電視新聞台報導，也為其他電視台或廣播電台做連線，因最早進入，最高紀錄一天得做二十七次連線，一樣按著右耳，回答問題時經常令人覺得他擅長造句，那些句子永遠不會錯，適合任何人任何情況，有點像抽出國外中餐館的幸運餅紙條，他的回答內容從未經過證實，總是道聽塗說，或者總像選擇題。譬如他在新書發表會時有人繼續問他海珊下落，他又來他那著名一招，他說，海珊的下落有四種可能性，他不是活著便是死了，再不然是躲在莫斯科或佛羅里達。

不但赴戰地採訪需要極大勇氣，出版自己的戰地日記也需要勇氣。克羅斯在日記中提到許多生活細節，使人對他的戰地生活很詫異，因巴格達停水，他整天都不敢喝水，理由是抽水馬桶沒有水不能使用，而他也抱怨巴勒斯坦旅館的餐點愈來愈簡陋，清潔女工隨著戰事發展逐漸不來上班，使他的房間不夠清潔，而轟炸前，克羅斯在房間貯藏了三百多公升的礦泉水和食糧，他會說，我們現在跟伊拉克人一樣，聽到任何槍聲轟炸聲，動也不動了，連起身都沒有。巴格達面臨轟炸時，他也會說，不然躲在桌下吧，至少比較安心。

他使用的新聞造句乍聽合理，仔細想來卻古怪有之。譬如，他說：伊拉克政府突然之間消失了，這是事實。或者：美國軍人一點文化常識都沒有，這些職業軍人都是第一次出國，出國前也不做任何文化方面的準備功課。

克羅斯的新聞報導價值很簡單，他在現場，這便是重點，只要煞有其事地站在麥克風前，隨便講什麼都好。他去過所有的戰地，哪裡有砲火他便去哪裡，至於什麼樣的人才適合做戰地記者？或者自願前往戰地是否需要任何企圖心或冒險的精神？不不，他說，戰地記者是一個高度有趣的工作，絕對跟冒險無關。

戰爭面目荒謬且戰地充斥危險，因此戰地記者的生活自然引人好奇，戰地記者究竟是什麼樣的人，如何面對工作，對生活或死亡的想法，如何在戰地自處，半夜對著四處的槍聲在想什麼？只要記錄下來應該都會牽引人心，但克羅斯的書卻無法完全滿足讀者的好奇，只是更加深一種印象：一切速成，連書都可以三個星期便寫成，不愧是職業戰地記者，但戰地記者該是一種現象嗎？

（二〇〇三）

我所認識的施洛德

德國總理施洛德在機緣和作風上與台灣總統陳水扁有點相像。

他們都是左派，走新中間路線，也許也是「第三條路」的信徒，只是第三條路並不好走，走了幾年還未看到願景。他們因緣際會勝選，走上政治舞台，之後也能驚險連任，但是在反對黨強大國會勢力施壓下，幾乎無法施展任何抱負，都是律師背景，有在文書裡解決問題的本事，對經濟理論和政策較陌生，常常更換內閣名單，且習於和過去做比較。施洛德總理到現在還認爲，七年施政如果不理想，那是因爲前任柯爾留下太多濫帳。

施洛德是一個口才便給的人，他非常擅長與媒體打交道，也精於造勢之道，在任何場合都有最合宜的「表演」，他站出來便像個總理，他走起路來都會虎虎生風，但他沒有堅定的施政方針，政策經常改變，會因民調而更動施政路線，譬如，施洛德總理原本並未堅持反對伊拉克戰爭，他是因爲看到大幅度的民調而改弦易轍。

施洛德總理並不是一個凡事躬親的人，絕對不肯因爲工作而改變自己的生活步調。他本人其實有點拘謹，在許多與國際元首會晤的場面，他的身體動作奇怪僵硬，有時要靠他的妻子打圓場。

我認識的施洛德對亞洲完全不了解，也沒有興趣了解。他對兩岸的問題置之不理，只要對施政有利，他可以先表示可以賣潛艇給台灣，但隨後為了討好中國，他又可以批評台灣，堅持台灣本來便是中華人民共和國的一省，只要他在政一天，德國永不會賣任何武器給台灣。

那是在柏林，一九九八年的社民黨大樓，當時的施洛德是總理候選人，在幾次的聯繫後，施洛德答應我參加他在社民黨大樓舉行的新書發表會，他說，在會後可以接受我的訪問。

新書發表會在漂亮宏偉的柏林社民黨總部大廳舉行，施洛德準時而來，兩位保鏢寸步不離，他的新書書名是寫給青年人的信，書裡收集了二十幾篇寫給各階層族群的青年，書不是他寫的，有人代筆，這是造勢活動之一，記者會上，施洛德侃侃而談，意氣風發，看起來心情很好，頗有勝選的保握。

他那時挑戰的人是執政十六年的柯爾，柯爾實在是做太久了，那時媒體都支持施洛德，不但常常報導他貧窮的出身，父親死於戰爭，從小由寡母撫養，半工半讀，夜校畢業，也喜歡笑談他的軼事，從小的夢想是當總理，他選上國會議員後，有一次半夜喝醉酒，跑到當時在波昂的總理府大門，大喊大叫：讓我進去。

記者會結束，他已打算離開現場，我走到他面前提醒他，他說，聊聊天喝杯什麼好了，不要訪問了吧，他笑著看著我，想說服我，但我沒有放棄的意思，我們走進社民黨大樓的咖啡廳，施洛德讓我坐在旁邊，他叫了一瓶白酒，點起一根雪茄。他先交代了幾件事，然後看著我：台灣，「我知道台灣，我去過新加坡。」

施洛德從小來自貧窮的家庭，但是長大後變成老饕和懂得品味生活的人，他告訴我，他點的白酒我一定得嚐嚐，那天他穿的西裝是Hugo Boss，領帶是銀白色的，前副總統連戰訪問冰島時也曾戴一模一樣的領帶，但施洛德比連戰更幾倍重視穿著，他後來穿Brioni，還是一樣抽Cohiba雪茄，他的外在形象清新，不像柯爾那麼胖及口齒不清，且老氣沉沉。

在我們的訪談中，施洛德答復有閃爍的傾向，我們談了德國對台政策，及德國對中國的政策等問題，他的回答相當討好，他說，德國未來會比照美國的對台政策，他在我的不停追問下，承認他以前在當省長時支持賣台灣潛艇，但是至於他選上總理後會不會賣，他則不願意表態，他說，我選上總理第一個訪問便給你，所以你現在不要再問了。

我要他當場保證他的訪問，他滿口答應，但在當選德國總理之後，我繼續寫信給他，卻再也沒回音了。

當然，他的政客態度也沒什麼好驚訝。

我比較驚訝的是，像他這樣左派的人，為了討好中國政府，居然公開批評台灣搞獨立，這種作法看起來就像配合中國政府說話，實在不高明，也令人不敢苟同。

（二〇〇五）

3.

焦點

世界正在思考這些焦點，
納粹復活了嗎？人人都是希特勒？
人人內心都還是光頭族嗎？

一則有關柏林圍牆的故事

聶維候斯坦尼是前東德的邊境警衛，他永遠無法忘記一九八九年十一月九日這一天，週四晚上十一時二十分，當時他正在位於東柏林與西柏林邊界的波厚馬街出境關口值勤，成千上萬的東德人擁擠在關口吵著要出關到西柏林去，他在攸關千古的一秒鐘內，做下了一個影響歷史的動作：打開關口閘門。

就是這個動作造成了德國當年的統一，無以數計的東德人穿越東柏林來到西柏林，聶維候斯坦尼立刻成爲人民的英雄。多年後的今天，他說，當時關口的群眾情緒非常騷動，他直覺再也擋不住了，再不打開關口可能會鬧出人命，他和他的警衛同事也都覺得東德政府似乎已置他們於不顧，所以他打開了關口。

四十八歲的聶維候斯坦尼今天說，當時，他這麼做是爲了保護自己和同事的生命安全，他以爲從此完了，很多東德人會恨死他，沒想到他得到的是無數鮮花、香檳和熱吻，他自己都昏了頭，他在邊境幹警衛整整十八年，黨給他的教育讓他一向以「捍守社會主義的理想、防止腐化的資本主義入侵」的第一線人物自居，那一年他做下開門的動作時，十八年的思想頓時化爲烏有，他感到的是焚心的恐懼，但也有著些許莫名其妙的喜悅感。

今天，他知道那喜悅感是因爲自由。德國統一後，他先是留在邊境幫忙拆除圍牆，一年後，他轉業成爲怪手司機。每天晚上六點鐘吃完他妻子準備的麵包和冷盤（德國傳統家常晚餐）後，十點鐘準時去睡覺，這個老習慣他在統一後也沒改變，統一對他而言是什麼？就是自由吧，他說。但自由是什麼呢？自由是現在他的孩子可以直接坐捷運去（前）西柏林鬧區買牛仔褲。但他說他自己不喜歡到那裡去，他寧可在自己熟悉的東柏林買東西。他說他也不需要去蜜月島（西屬小島，德國人熱中的旅遊勝地），他家裡客廳便有一株棕櫚樹，他跑那麼遠要幹嘛？

至於他一夕之間成爲人民英雄這檔事他早已淡忘了，聶維候斯坦尼很少再去波厚馬街，他也很少再提起那一天的事情了，事實上，當那天關口打開之後，很多事情便完全不一樣了，他一個上司因不了解到底怎麼回事而上吊自殺，而幾個同事有人長期失業，有人得了抑鬱症，大家也絕少再見面了，就算偶然相遇，也沒有人再會提起這件往事了。

不只是聶維候斯坦尼的同事，目前約有百分之三十的德東人都處於失業的狀態中，一種普遍的情緒油然而起：自由誠然很可貴，但是如果你失業的話，那自由又有什麼用呢？德東人七年來得到了自由，但是也逐漸發現他們同時失去了可貴的平等，原來自由與平等不可兼得，那麼當然，一種懷疑自然緊接著浮現了，到底自由與平等何者較爲可貴呢？

（一九九六）

一五六規定

Auschwitz，這個字本來只是一個普通的德文地名，五十年來卻是納粹軍集中營的代名詞，象徵人類對人類所能做的最大歧視和最殘酷虐待，Auschwitz，象徵六百萬猶太人遭到納粹軍的屠殺，一場人類空前的噩夢。

一九四〇年，希特勒的納粹軍首領西孟勒（Heinrich Himmler）在波蘭找到一個設立集中營的地方，以便監禁當時戰敗的波蘭反抗軍，這是集中營最初的由來。之後，因爲德國一些大型工廠如西門子公司極需大批工人，西孟勒便將大批由各地搜抓而來的猶太人以火車運送至此，老邁體弱者立刻以瓦斯處死，年輕力壯者則留下來做苦工。老邁體弱人士被送入處死前，納粹軍一律告訴他們：「在帶你到你的房間休息以前，來，先洗個澡。」然後，水沒來，瓦斯不斷灌進，人的身體先是癢得受不了，接著便昏迷而死。因此，死刑不叫死刑，叫「消毒」（Desinfection），就這樣，納粹軍總共約「消毒」了幾百萬名來自歐洲各地的猶太人。

一九四一年，德軍在波蘭境內已陸續成立三大集中營以及四十餘處小型集中營，有關納粹慘絕人寰的罪行實在令人不忍聽聞。譬如名聞一世的明格爾（Mengele）博士居然發明一則叫「一五六規定」，任何猶太小孩若到了十三歲身高還未超過一百五十六公分者，都是世間廢物，應即時處死。而此人喜歡在兒童心臟處打休克針，以看兒童掙扎而死爲癖。此外，還有所謂的「T四行動」，處決殘廢的猶太人，甚至在紅軍入境前夕，納粹軍還以長程徒步行軍來考驗猶太俘虜，任何人在行軍期間因體力不支稍做停頓者，立即槍斃。納粹德軍這些行徑，只能以「瘋狂」兩字形容。

戰敗以來，美軍在六〇年代曾舉行法蘭克福大會審，不但審判納粹的罪行，也有較多的反省與自覺。之後，世人也對此事逐漸淡忘，一九七九年美國電視台推出一部以納粹爲題材的電視影集後，才再度引發對此事的關心，之後，美國猶太裔導演史匹柏以此題材拍攝的「辛德勒名單」更得到多項奧斯卡金像獎。

翻閱歷史，令人十分遺憾的是，當初紅軍解放集中營前，納粹軍已將所有的罪行證據全數消滅。今天，我們所看到的歷史照片絕大多數都是當時由蘇聯派去的電影人士所製造的假象，包括許多猶太俘虜站在集中營前望著紅軍來到激動地落淚等，都是臨時找來的演員充數亮相，眞實早已不復存在，五十年後，也只能憑空想像而已。

（一九九五）

為希特勒製造祕密武器的人

一個「只爲科學服務」的科學家，曾踩在兩萬人的屍體上爲希特勒製造祕密武器，這件未在當時派上用場的武器，後來爲美國全盤接收……最近，柏林的交通與技術博物館正在舉行一個令人怵目驚心的科學歷史回顧展，內容便是四〇年代的德國科學，也就是納粹時代的科學家事業。其中最受人矚目的便是物理學家馮保爾（Von Braun）的火箭開發研究工作。

當二次世界大戰進入尾聲，希特勒尚在做困獸之鬥時，他還不斷地鼓勵德國納粹軍：「別怕，我們會贏回來，我還有一項祕密武器，看著吧。」他當時說的並非假話，在德國東海附近裴內謬德的地下壕洞裡，希特勒的愛將馮保爾正不斷趕工製造V2火箭。當時製造火箭雖走在時代前端，只是馮保爾爲了加快完成，他向希特勒要求成千上萬的猶太人到暗無天日的地下壕洞中爲他工作，以土法煉鋼的方式，製造了三千兩百個實驗模型。

爲什麼在地下壕洞裡進行這項製造計畫？因爲希特勒之所以滿心期盼火箭的發

明，就是爲了載負炸彈到英法各國，將盟軍一舉殲滅，他因此也不希望這項計畫在完成之前曝光。而爲什麼選擇猶太人，因爲參與製造火箭的任何人，在他的任務完成後，都必須一一絞死，以免祕密外露。

這項V2計畫前後進行了很多年，製造出的火箭草樣曾經試著發送到英國去，炸死了七千多人。可是，爲這項計畫而死的猶太人就有兩萬人以上，馮保爾除了製造火箭外，可能還有一樣別人少有的經驗，他是踩在死人身體上工作的科學家，這些死者都是爲他工作的猶太人。

一九四五年，火箭的製造尚差臨門一腳，四月三十日希特勒自殺，納粹軍隨後宣告投降，希特勒的祕密武器沒派上用場，但是裴內謬德卻被美國人全盤接收了。同年，美國政府聘請馮保爾擔任美國火箭發展委員會主席。不久，馮保爾便在太空總署全權策劃，並要求美國人再設法將七百六十五名曾經替他工作的德國專家遣送到美國，而將阿波羅十一號送上月球的那支火箭就是馮保爾完成的V2火箭。

馮保爾到了美國後，不斷否認當初使用大批集中營來的猶太人爲他工作，然而柏林這項回顧展卻展出了血淋淋的事實。當時，爲馮保爾完成工作進度的猶太人都必須在壕洞裡絞死，爲了不打擾馮保爾的思緒，在絞死猶太人前都會在他們嘴巴裡塞進一塊木頭，並且用皮帶繫好，使他們不得慘叫。

馮保爾在有生之年始終強調：「我只爲科學服務。」他的意思是說他只認科學，不認人。這是最沒有人性的科學態度，也是典型的納粹思維。但美國人明明知道馮保爾是殺人的納粹科學家，但是還這麼禮遇他，難道偉大的科學家就不需要任何道德？什麼叫偉大的科學家？

（一九九五）

希特勒鍾愛的建築師施佩爾

一部描繪希特勒最後幾天生活的德國電影「帝國的毀滅」，二〇〇五年在境內大爲賣座，還出口到國外放映，有關第三帝國的種種又再度成爲德國人茶餘飯後的話題。

第三帝國的興起與毀滅戲劇性十足，德國影劇界食髓知味，紛紛推出相關作品，其中「希特勒的建築師施佩爾」影集最受歡迎，收視率又衝破紀錄，許多德國人對著電視感慨萬千，施佩爾的一生眞是充滿夢想與謊言的一生。

施佩爾是一個建築史上抹之不去的名字，也是德國歷史上極具爭議的姓氏，希特勒最好的朋友，納粹時代的軍備部長，爲希特勒蓋了許多重要建築，也蓋了集中營，他甚至與希特勒在巴伐利亞山上的鷹巢比鄰而居，戰後成爲階下囚，在紐倫堡大審中，他背叛了他最好的朋友希特勒，他公開說他其實不贊成戰爭，並對希特勒毀滅猶太人的暴行所知不多，他只知道蓋房子。他在大審中表示幡然悔悟，並爲自己的行爲懺悔，贏得美國主審官的同情，出乎施佩爾的意料之外，未判死刑，判了二十年牢刑。

施佩爾在大學時代起便對納粹黨的理想十分折服，也因此加入納粹黨，建築系畢業後自創公司，一度失業，二十七歲那年有機會爲希特勒重要人馬葛伯爾蓋房子，因此結識希特勒，年輕時曾一度想當建築師的希特勒非常欣賞他，與他即投緣又聊得來，兩人在建築及藝術上的想法十分接近，希特勒甚至把他早年自己手繪的建築草稿交給施佩爾，請他繼續發揮。

希特勒幾乎有空便會約施佩爾聊天，且按照希特勒幾位存活的秘書說法，只要施佩爾帶著草圖或模型出現，希特勒不管在忙什麼大事，一定會停下來要和施佩爾一聚，且一談便耗去好幾個小時，彷彿像最重要的親密約會。一些未證實的小道消息也傳出，希特勒與施佩爾之間有同性戀情誼。

希特勒有個夢想，他把他的夢想交給施佩爾去完成。在一九五〇年前，他要施佩爾把柏林改建成全世界最大的都市，要遠超過當時的巴黎，且更壯觀，連凱旋門都要更高，施佩爾對此計畫非常投入，他效法的對象便是十八世紀的巴黎建築師候斯曼的巴黎改建計畫，他動用猶太勞工拆掉幾萬間老舊公寓，準備大顯身手，就像他後來晚年在回憶錄上寫的：爲了實現自己的建築夢，他當時便是浮士德，把靈魂出賣給了梅菲西特（希特勒）。

施佩爾與希特勒的友情不斷加溫，一九四二年，第三帝國一位軍備部長托茲去世，希特勒要求施佩爾接任，因爲當時的軍備部長負責許多硬體設備和水電供應等工程，與他的建築計畫息息相關，武器部份他在戰後大審中表示完全沒涉入。

施佩爾做了兩年，一九四四年，戰爭進入失敗的尾聲，施佩爾重病一場，許多牽動戰爭經濟的工程也被擺一邊，施佩爾在自傳上說，他從這時起，有機會和希特勒私下見面時，總是力勸希特勒投降，希特勒聽不下去。他甚至表示，他曾在一次聚會時對希特勒下毒，但並未成功，這點史學家無法證實，可能是施佩爾自己的幻想，施佩爾一直沒有離開他的工作崗位，也沒有離開希特勒，一直到四五年被美軍俘虜。

他被關入柏林史龐島監獄二十年，在那二十年間，他與其他七位希特勒高階將領同處一個樓房，他們穿著當年集中營給猶太人穿的制服，一個堂堂的大建築家，蓋過多少風格獨具的重要建築物，最後在牢獄房外放風處拾草種花，唯一畫的建築圖是爲放風處蓋的幾公尺的迷你城堡。

施佩爾擔任希特勒的軍備部長，卻對希特勒屠殺無數猶太人一事毫無所知？這個問題是個大問題。在紐倫堡大審期間，施佩爾重複這個說法，博得各界同情，他從此被當成「好」的納粹，絕大部份當過納粹的德國人認同他，因爲他們跟他一樣都是被「逼」的，形勢比人強，施佩爾就說過，他在當時唯有跟隨希特勒，別無他法，違背希特勒就是找死。

最近，德國史學家也紛紛爲此事翻案。施佩爾的自傳裡有些似通不通之處，現在可以證明他在紐倫堡大審及自傳中說謊，他確實知道希特勒殺害無數猶太人，他不是一個「好」的納粹。這個世界上不可能有所謂「好」的納粹，納粹便是納粹。

（二〇〇五）

父親為希特勒蓋房子，兒子為中國人蓋房子

上海附近安亭鎮建蓋的「德國城」，明年即將竣工，整個德國城的城市規劃人是德國著名的建築大師施佩爾，他父親便是希特勒最愛的建築師，曾任納粹時代軍備部長，爲希特勒蓋了無數重要建築。

施佩爾今年七十歲，他曾爲法蘭克福打造城市規劃，在法蘭克福市中心建蓋了幾棟德國最高的建築物，目前除了在北京上海外，在沙烏地阿拉伯首都利雅德及印度東歐國家都有設計圖在進行，僅德國的建築事務所員工便有七十人。

施佩爾的父親三十歲便成爲希特勒的紅人，戰後入獄二十年，而那時小施佩爾去海德堡當木工學徒，開始入夜校，夜校畢業後，他回到慕尼黑大學，學起建築，但很快發現，他不祇想當建築師，更想規劃都市，「因爲城市規劃比建築物本身更重要，人在其中的角色更重要。」

施佩爾一九六四年成立了自己的建築工作室，在一個國際重要建築招標的過程中，評審們將最後決定的人選名單信封打開：亞爾伯・施佩爾（Albert Speer）。當時

各國評審們都大吃一驚，這個人不是在監獄服刑嗎？怎麼跑出來的？後來才弄清楚，原來這個亞爾伯．施佩爾是那個亞爾伯．施佩爾的兒子，設計圖完美無瑕，比父親的作品更有特色，評審們又嘖嘖稱奇起來。

施佩爾隨及便爲利比亞做城市地方規劃，後來是沙烏地阿拉伯首都利雅德使館區的建築計畫。

小施佩爾從來不提自己的父親，他低調不太喜歡接近媒體，最近過七十歲生日，接受了一些記者的訪談，談起自己的父親，「他的名聲沒帶給我什麼好處，」他跟他父親不一樣的地方，「我從來不加入任何政黨，」他父親當年跟他不同，「他不該只有個大雇主，雇主要他做什麼，他便做什麼，」他認爲一個建築家最高貴的職責應是爲城市代言，而不是爲人發言。

施佩爾的父親不但爲希特勒蓋建築，他本人便是納粹建築美學的代表，風格簡練冷調，模仿了羅馬建築的圓柱和簡單純粹的線條，而小施佩爾是現代的，他比較像科比意（Cobusier），但比科比意謙虛太多了，科比意大師在和人談城市建築規劃時，有時會用手一揮，表示那些他揮及的城市部位的建築物都應該全炸掉，而施佩爾從來沒有那種大膽，這可能跟他父親經歷有關，他不喜歡勉強，不輕言放棄，對父親作品從不發表意見，一句話都沒說。

施佩爾童年是和希特勒度過的，他們全家和希特勒住在上莎爾士堡山上的碉堡中，他最近有機會回憶時說，「那並不是好日子，因爲上學時要下山，得走險峻的山路，冬天雪地更是難行，」他現在住在慕尼黑郊外的莫腦湖邊，那些湖以前住過像畫家康丁斯基那樣的人。那些湖有令人難忘的湖光山色。

施佩爾的祖父也是同樣的名字，他們家的傳統是長子都叫亞爾伯·施佩爾，老施佩爾也是傑出建築家，「可以說建築是我家的遺傳吧，」小施佩爾表示，他從小沒機會和父親相處，因爲父親總是不分時日在工作，回家只是睡覺，小孩都不准出聲。小施佩爾說，在戰前沒看過父親，戰後父親下獄，他每個月會搭火車去探監，一個月會面半個小時，「也無話可說」，他從來沒和父親談過建築。

他父親爲希特勒建築，他現在爲中國人蓋房子，規劃上海衛星城市，他說他不是要蓋大家印象的德國浪漫之路那樣的羅登堡式的房子，而是「一個現代化的小鎮，城市的路有田園式的彎曲，路旁種滿樹木」，他希望透過他的作品能讓中國人知道生態維持的重要。

關於在中國蓋房子，建築大師說，「如何定期從建築商那邊拿到錢便是風險」，但他對中國人做事效率感到神奇，「他們比德國人快太多了」，安亭的德國鎮建築才一年多，明年可望完工，目前房地產經銷商在市場全力促銷宣傳，打的都是德國三色國旗標誌，銷售成績非常好。

除了上海衛星城市，施佩爾也參加了北京奧運的南北軸線的改建項目招標，他有意要改造中國首都，因此，有些人重提歷史，把他的計畫與當年父親改造柏林的計畫相提並論。

但施佩爾不爲所動，也沒有發表意見，他曾爲漢諾威二千年世界博覽會的主設計師，也參與二〇一〇年上海世博會的競標。

（二〇〇四）

愛上希特勒的女人

希特勒陰魂不散，德國人至今無法埋葬這個名字。最近媒體又炒起希特勒的新聞，因爲希特勒早年的著作《我的奮鬥》開始在東歐及土耳其大賣，成爲暢銷書，另外，歷史學家又找到了一些有關希特勒從未公布的資料，希特勒的私人秘書和家管在戰後遭史達林扣押，史達林想知道希特勒的私人生活，他尤其想知道希特勒和伊娃·布朗的關係，爲什麼伊娃·布朗會陪希特勒一起死。

按照希特勒家管的說法，伊娃布朗是那時全德國最不快樂的女人，因爲她生命大多數時光都在房間裡等著她的領袖，隨著戰爭的開打，她逐漸接受她的命運，做一名偉大領袖的伴侶注定便是寂寞，那便是她的人生使命。

伊娃·布朗在南德天主教家庭出生，從小便活潑可愛，高中畢業後在慕尼黑找到一個工作，是爲攝影家霍夫曼擔任照相館的助理，那時霍夫曼剛剛成爲希特勒的私人攝影師，有一天希特勒到照相館來，希特勒才踏入店裡，伊娃·布朗便愛上了這個留一片鬍子的男人。

她當天便提筆寫信給姊姊：當店門打開時，我正在樓上整理東西，我看到老闆帶著一位年紀稍長的男人進來，那位男士手上拿著帽子，我假裝繼續做事沒看見他們，但我暗中一直注意那位男子。

我下樓時，老闆把我介紹給那位男士，他說，「渥夫」先生，這就是我們的小伊娃小姐，那位男士很客氣地看著我，老闆便叫我去街上買啤酒和配酒的香腸。

幾天之後，希特勒邀請布朗去劇院看戲，伊娃・布朗提筆寫信：親愛的希特勒先生，我要謝謝您給我機會到劇院度過這麼美好的一晚，那是我永難忘懷的夜晚，我非常珍惜我們的友誼，也數著每一分每一秒直到我們再會面。

伊娃・布朗在這段初戀時分，曾因希特勒兩個星期對她不理不睬而吞安眠藥自殺，但終究沒死成。不久，希特勒便答應讓她搬到他在阿爾卑斯山的別墅去住，那山挺料峭風寒，布朗的中下階級父母宗教信仰很深，他們反對女兒去當別人的情婦，但是伊娃・布朗不改其心，接下來的十六年，她都跟隨著希特勒，過著豪華而空虛的生活。

希特勒的家管對史達林說，伊娃・布朗多在山上等著領袖回家，希特勒在時，如果不開會，兩人便會到私人房間會面，希特勒總要人爲伊娃・布朗準備熱巧克力、香檳酒和點心，他們在房間吃吃聊聊，有時會消磨幾個小時，但在午夜之前，希特勒一定會退回自己的房間讀報紙和回信，他們應該一直沒有性關係，家管將他所知一一告知史達林。

一九四五年，儘管希特勒從頭至尾不相信，但戰爭確實走到尾聲，希特勒決定自殺，而伊娃·布朗也堅持相隨，於是希特勒和伊娃·布朗辦了婚禮，由兩位至死效忠的手下戈伯勒和保曼當證婚人，伊娃·布朗在結婚證書上簽名時，她寫下Eva兩字，才簽下布朗的B字，當場便把B字塗去，寫上她的新名字Eva Hitler，這個名字她用不到二十四小時，第二天下午兩人便一起自殺了。

在自殺之前，希特勒感嘆地對最後還陪著他的家管說，這世界上除了我的狗「蹦弟」外，我唯一可以信賴的人只有伊娃·布朗。

那一天是一九四五年四月三十日，希特勒交代了遺書，表示他將「爲國而死」，他的妻子也自願陪他一死。下午三時，他們兩人退至私人房間，希特勒以槍射擊頭部，而伊娃·希特勒則服毒自殺，兩人都靠在沙發上，沙發則沾滿了希特勒的血。最後見到這一幕的人將兩人抬至總統府花園焚化。希特勒在遺書中說，他要把他的物品全捐給黨，如果黨消失了，就捐給德國，但他死後，俄國紅軍看到稍爲値錢的東西搜刮走了，剩下的東西根本沒人要。

當天，漢堡廣播電台播報了這則新聞：我們的領袖爲國捐軀，已於今日死於總理府，他爲了對抗布爾什維克主義不遺餘力，奮鬥到生命最後一分鐘。

沒有人提到伊娃希特勒的死亡。

八十二年的兩種過法

三十二年加五十年總共八十二年。一個叫福克曼的傢伙活了三十二年，一個叫克魯伯的記者活了五十年，這兩個人原來是一個人。叫福克曼的傢伙不是別人，正是納粹時代駐波蘭的納粹首領，也是在波蘭境內殺死三萬名猶太人的罪魁禍首。這個人難道不會精神錯亂？

福克曼一九一三年生於波茨坦，一九三三年加入納粹軍，一九四〇年成爲納粹軍駐波蘭的管理召集人，一九四四年甚至獲頒納粹軍一級動章。

在他任內，三萬名猶太人死於集體屠殺，這件事在許多紀念猶太屠殺的博物館皆可找到相關資料和證明。

福克曼在大戰結束後，自己悄悄改名爲克魯伯，逃往倫敦投奔他姊姊。奇怪的是，才三年不到，他竟然成爲德國權威大報法蘭克福廣訊報的駐倫敦特派員，隨即更成爲世界報、星球週刊及左派大報時代週刊的特約撰述。一夕之間由極右派的政治立場轉爲左派的溫和分子。最令人驚訝的是，殺死無數猶太人的福克曼竟然在倫敦娶了一名猶太裔的妻子！

這些年來，改名成克魯伯的福克曼不但是傑出的駐外記者，也儼然是人道的代言人，還出書十四冊，題目多與第三世界的發展有關。他彷彿已是全德最重要的第三世界專家，連對中國問題也常表態發言，根本沒有人會想到他克魯伯會是殺人不眨眼的福克曼。

當記者千方百計找到福克曼時，他對納粹時代的一切以「不復記憶」、「年紀已大」等詞搪塞，而且還說：「在那個時代，我必須坐好納粹軍官的位置，才可能有能力去援助那些猶太人！」還說：「我幫助過多少猶太人，我妻子可以證明。」

八十二歲的福克曼並未精神錯亂，他活得好好的，今天住在漢堡北邊一棟豪華住宅，家裡可能還有不少當年從猶太人身上劫來的珍貴物品。

（一九九五）

沒錯，我就是納粹

鼎鼎大名的文學教授史威特已經退休多年了，他在教學期間深獲學生愛戴，出版著作無數。他是研究歌德作品《浮士德》的專家，在德國，連邦長都禮遇他，指派他到國外去做文化交流。沒有人想到，這個常在電視媒體出現的史威特先生不是別人，他正是五十年前一位重要納粹官員。

納粹時代結束都五十年了，但是仍然有當年的納粹活在我們身邊。史威特教授的確不是別人，他就是納粹首領西孟勒的親信助手，而今天卻是亞衡（Aachen）專校著名的退休文學教授。

史威特先生禁不住一些記者的多方查證，前幾天，他終於接受德國第一台電視記者訪問，他坦白說，沒錯，我就是以前的納粹，但是我也是人，我並沒有做什麼壞事，也沒殺過任何人，爲什麼我不能改名換姓活下來。

今年已八十五歲的史威特先生說，他在大戰末年被西孟勒外派到史特拉斯堡市工作，隨即德國宣布投降，他便從納粹檔案中取消了自己的戶籍，並改了名字叫史威特，他原來的名字是史耐德，他向他所住的戶政事務所謊稱史耐德已失蹤，然後說他是他嬸嬸史威特的兒子，他在戰爭時代遺失了戶籍，所以補辦了身分證。

改了名的史耐德，以原來的博士論文再度申請了博士學位，然後便在大學教起書來。由於他已成失蹤人士，不久，他太太也成為寡婦，大戰才結束兩年，他便以史威特的名字與他的「寡婦太太」再婚，還收養了自己的親生女兒，過著與以前幾乎一模一樣的家庭生活。

在當時，與他一樣的納粹官員多半被處死或判重刑，他不但死裡逃生，還在文學界裡嶄露頭角，或許因為他是研究《浮士德》的專家，他也一樣有兩個矛盾的靈魂，他過去是極右派，改了名字以後的他，卻是一個不折不扣的左派分子；在六八年學生運動期間對示威活動比誰都熱中。

荒謬的是，他在納粹時代，曾被西孟勒派往荷蘭偷取醫學器材，以進行人類基因遺傳的研究，為的便是要證明德國人為什麼比較優秀，而前幾年，他還受邦政府的邀請，與邦長一起去荷蘭海牙進行德荷文化交流，誰知道他便是以前的納粹！

有人認為，史威特也好，史耐德也好，都應該出來接受制裁，但是今天，已成為榮譽教授的史教授，終生可以受領國家最高的退休金俸，法律上，沒有人可以再剝奪他的權利，何況他都八十五歲了，現在才判刑未免也太殘酷了。史教授倒是在接受電視訪問時，一副理所當然的樣子：如果是你，你在當時只可選擇死路一條，或者改名換姓重新開始一個新的生活，你會怎麼做？

（一九九六）

這是一九九二年的事情了

那一年冬天，當我要啓程到柏林訪問新納粹黨徒時，周遭的德國友人都勸阻我，一名在BMW工作的朋友愼重說：「不然妳得買一把催淚手槍，一定派得上用場。」大多數外國人都想捲鋪蓋，他說，你得千萬小心。

我沒買手槍，並不表示我不害怕。

在柏林，從去年以來，已經有將近五十名中國人在街上被人捶打的紀錄，一名負責同學會的大陸留學生說，這還是保守的數字，因爲有些挨打的中國人覺得報案有失顏面，或者怕麻煩，可能忍氣吞聲，不了了之。

在柏林住了十多年的大陸留學生莫川，去年在游泳池畔被一名疑似新納粹黨徒殺成重傷，差點送命，警察局半年後告訴他，凶嫌無法查出。

怎麼查？類似的案例太多了！傷痕累累的莫川至今談起此事仍忿忿難平，他認爲德國人本性始終排外，知識分子或許不敢承認，但歷史早可以證明。他決定通過博士學位後，立刻返回大陸，回到「自己熟悉的地方」。

除了莫川及另外一批大陸學生，據柏林「外國人事務協調會」的說法，目前有這種念頭的人，還包括許多土耳其、希臘、非洲及猶太人。

一名在《柏林日報》Tageszeitung當記者的朋友在電話上警告我，他的同事爲了採訪一幫新納粹黨徒，剃了光頭、披了皮夾克，把自己打扮成「光頭族」；當他走入那幫人聚會的小酒館，才開口問第一個問題，強而有力的拳頭，一拳便把他的鼻子打歪了。

往柏林的火車上，坐在我旁邊的是在德國「都市規劃中心」當研究員的候勒格，他很坦白地表示，德國人不排斥外國人，至少不是受過高等教育、有經濟基礎的外國人，比較不歡迎的是那些生活有困難的外國難民，我說：「那未免太勢利眼了！」他略帶歉意地回答我：「哦，是嗎？這我倒沒想到。」我住在柏林土耳其區Kreuzberg的一家小旅館，送我到門口的德國朋友站在櫃枱前和我商量事情，小旅館的外國人老闆突然趨前指責她：「一個在德國長大、受過德國教育的人，你們總是覺得比別人懂得多！我爲妳感到羞愧！」他的一番話使我們兩人面面相覷。

不久前，兩名新納粹黨徒在莫恩燒死三名土耳其婦孺後，德國境內一些土耳其社團已聲稱：土耳其人將自行成立保衛隊，如果再發生任何攻擊事件，他們誓必反擊，而以色列則在日前揚言，將對德國採取經濟制裁，以抗議德國新納粹黨徒暴行。

我移身前往東柏林的「麗西登堡」火車站尋找光頭族，那裡是他們定期聚會的定點，許多中國人在這裡迎接搭乘西伯利亞快車來德的親人時，竟然被暴力黨徒毆打。

在警察的巡邏下，他們已從火車站銷聲匿跡。我轉往亞歷山大廣場，吉普賽人不再敢於戶外賣唱，代替的是耶誕市場及許多賣前蘇聯軍帽的地攤。氣溫攝氏三度的週末下午，我在東柏林找尋光頭族的蹤跡。他們很好辨認：光頭、黑色或淺綠色軍夾克、軍靴，這種裝扮對一些歐洲青年來說，象徵一種繼嬉皮、龐克之後的時髦。

一名失業中的朋友告訴我，如果願意的話可以出一百馬克，幾個新納粹黨徒就會高喊「希特勒萬歲」讓我拍一張照。我走在街上，突然想打電話請那個朋友替我「安排」，然而又覺得太荒謬了。

我並沒有這麼做，我不想用錢支持新納粹。

德國統一以來，柏林的外國人事務協調會成爲最忙碌的辦公室之一，我去訪問該協調會時，在門口看到一張標題「互愛、互助」的大型海報，幾個穿著漂亮衣服、不同種族的小孩牽手站在一起。我聯想起前幾天在電視上看到的擇偶節目，當三名耀眼、英俊的非洲人出現在螢幕上時，我對節目策劃人感到佩服，在「排外」惡名高張的此刻，邀請三名德文流利的非洲人，匠心可謂獨具，然而，當擇偶對象出現時，這種感覺立即降溫了，三位佳麗也都來自非洲。

被認爲是新納粹黨的催化者，德國言論最右派的政客荀胡伯 Schonehuber，身兼極右派共和黨黨主席，曾經這麼說：

「我們不是討厭外國人，我們只是希望他們能回去自己的國家。」

柏林外國人事務協調會負責公關的洪寇宏尼女士說，白色恐怖的氣氛四處籠罩，該協調會對日漸囂張的暴力活動也感到束手無策，唯一能提供的便是對外國人的各項協助。

長相略像義大利人的她，出門工作曾經遭受極右派人士的污辱，當我告訴她中國人早成爲被攻擊的目標時，她說她對此事完全不知悉，但也不驚訝，並呼籲亞洲人應多與協調會聯繫，如果大家互相通告，極右派暴力便沒有施展的空間。

在持續不斷的聯絡、解釋下，東柏林麗西登堡青年運動組的負責人烏蘇拉，終於答應接受訪問，她之所以對採訪一事如此敏感，其來有自。

「麗西登堡」是東柏林光頭族最常出入的地區，從今年八月以來，她每天都接獲電話採訪。

據她說，其中有太多「炒新聞」的報導，一些記者要的是「血淋淋的東西」，而對了解問題的眞相並沒有興趣，因此對媒體大感失望。

自稱是左派分子的烏蘇拉，以前是東德的護士，現在負責的青年運動組，原先目標是照顧失業、無家可歸的青年；在她的愛心感召下，麗西登堡區共有十名光頭族接受了她，把她當成「希特勒之外的英雄」，對她的勸導言聽計從。

烏蘇拉每天工作十二小時以上，以辦公室爲家，把光頭族生活上的問題當成自己的問題。她說，極右派暴力其實是社會問題，也是東西德社會整合的問題，參加極右派暴力組織的孩子大都是問題青年，對政治毫無所知。

在缺乏社會關懷下，對未來沒有安全感的德東青年，唯一能標新立異、得到同伴「尊敬」的事業，便是參加「光頭族」，因此容易被另一些眞正有陰謀的極右派暴力組織所利用。

嚴罰重懲無法解決根本問題，烏蘇拉說，而以政治思想教育來矯正也十分不當。東柏林另一性質類似的組織「根」（Warzel），便勸導孩子改變法西斯思想，希望他們「從右回到左」，但事實說明「根」的方策無效，原先想接受輔導的光頭族紛紛離開了。

烏蘇拉剛接觸光頭族時，「受不了」很多現象，譬如帶幾個人打排球，大家見面伸手便喊「希特勒萬歲」，甚至在莫恩謀殺案件發生後，還有人拍手稱快；她說，這時必須用寬容的態度和他們溝通，他們需要的正是外界對他們的了解。

經過烏蘇拉一年的努力，多數光頭族已有很大的改變，一名叫克勞蒂拉的女孩已經回學校專心讀書。一年前的她，在街上逢人就打，她的暴力行爲比起男生，有過之而無不及，烏蘇拉一度覺得沒有能力輔導她，但並沒有放棄；一年後，克勞蒂拉收斂了暴力性格，使烏蘇拉感到格外欣慰。

麗西登堡的光頭族共約二十五名，其中七男三女參加了烏蘇拉的輔導，已經和其他的光頭族成員決裂。大多數光頭族都是來自環境困難的家庭，不但父母失業，本身多半也有暴力傾向，在社會壓力下，光頭族接受了盲目的訊息：外國人搶走工作機會、外國人佔盡德國福利、外國人使他們成爲社會的受害者。參加光頭族的青少年由於失業或失學，多半無事可幹，再加上沒地方可去，主要活動通常是在小酒吧聚會、喝啤酒，雖然和當年納粹嚴肅整齊的教條相背，他們多數抽菸也抽大麻，一言不合便以拳頭相向，除了看不順眼的外國人，他們也攻擊德國左派分子。

烏蘇拉每週和光頭族青少年打兩次排球，週末偶爾也帶他們去露營；她說，這些被人稱爲「暴徒」的年輕人，打起球又叫又跳，一派天眞孩子模樣。

曾經在眾人面前發重誓「一輩子當光頭族」的羅伯特，近來便在她的建議下，找到一個水泥工的差事；他原先頂著光頭、穿他的軍夾克去工作，由於老闆沒有拒絕他的外表，現在他去上班都會戴毛線帽遮住他的光頭，也不再穿軍夾克了。

離開烏蘇拉的辦公室，我趕往東柏林的漢姆荷爾茲區的「青年活動組」。一名朋友的哥哥克勞斯在這裡輔導一些具有暴力傾向的青少年，他建議我去那裡吃晚餐，和他們談談台灣，我一口答應。

漢姆荷爾茲青年活動組是一個有財力的機構，因爲得到政府資助，設備完善、人力也充足，圖書室的書架上擺的全是百科全書及一些生硬的教材書籍，跟那些看起來十分叛逆的孩子似乎格格不入。

負責活動組的安蝶亞，跑來和克勞斯討論誰可以留下來吃晚飯，她說：「上次沒洗碗的人不能參加，叫他們走。」這時，一名女孩跑進來問事情，她立刻板起臉：「我們在開會，請出去。」最後她決定留八個孩子，她說：「這樣比較容易控制情況。」吃飯時，一名十四歲的男孩對我說：「妳知不知道希特勒陽痿？」另外一名年齡大一點的奧拉夫則說：「我才不相信一九三三」（注：該年希特勒執政），他說他不會當光頭族，但是他認爲暴力的確可以解決問題。安蝶亞臉色突然變了，她說：「對不起，不要理他們。」旁邊一名長青春痘的男生繼續說：「我幹過很多人……」我不敢再看安蝶亞的臉。

我聽克勞斯說，這個團體裡也有幾個接近新納粹思想的青少年，有一次，他帶他們到一戶土耳其人家做客，這些仇恨土耳其的青少年走進人家家裡，便全身發抖，因爲他們一輩子沒接觸過土耳其人，以爲他們像怪物野獸，那一次拜訪後，幾個人不再提土耳其人可恨的事情。

安蝶亞非常沮喪，當我和她一起離開活動中心時她說她對整個情況失望透了，想放棄這份工作，她說：「自從不賣啤酒以後，來的人愈來愈少了，只剩一些想吃白飯的人。」今年夏天，活動中心成立時，每天有將近一百五十名東柏林青少年在此出入，現在只剩下二、三十人；我們在車上時，我本來想告訴她，人愈來愈少可能跟她的態度有關，望著她頹喪的側臉，我說不出來。

我想起烏蘇拉說過的話：「少一點懲罰，多一些社會工作。」我突然覺得德東如果多幾個烏蘇拉，也許就會少一些光頭族及青少年暴力事件。

離開柏林往羅斯托克的火車上，一個光頭的德國年輕人，挨著我坐下來，我懷疑他是光頭族，我屏息地看著他，但他慢吞吞地從口袋裡掏出一份報紙，埋首開始閱讀。

我將視線移至窗外滿目瘡痍的德東，灰濛濛的大地，到處可見正在進行的工程，德西正在花錢復建德東，然而，困難重重，統一的代價很昂貴：無論新納粹黨徒或者光頭族的滋事，基本上都是青少年暴力的延伸，而陰謀家利用這些青少年的野心或許還未被人看清楚，但是，一項有關統一的建設絕對刻不容緩，而且不應該再被忽視，那就是：心理建設。

這是一九九二年的事情了。今天的德國早已沒有光頭族，但我仍然覺得有些人內心裡似乎仍然是光頭族。

（一九九二）

當了英雄卻立刻失業

「你現在是全世界的英雄了，你感覺如何？」年輕的電視女記者拿著麥克風問，一個羞澀的瑞士青年很含蓄地微笑著，他先不知道回答什麼，然後對著鏡頭說：「沒有，沒有，我只是平凡人。」

二十八歲的克里斯多佛．梅里眞的是一個再平凡不過的瑞士人，他在瑞士銀行當警衛，結了婚的他有兩個孩子，好幾年來過著簡單正常的家庭生活，但是這幾天他突然變成媒體所描繪的「英雄」，確實地說，他已經成爲猶太人的英雄。許多媒體全圍在他家客廳裡訪問他。

一月九日當天，他一如往常在銀行值班，當他下班要離開地下室時，卻在地下室看到一整大箱的文件堆在那裡正要銷毀，他的眼光朝文件箱一瞥，他發現這堆發黃的文件是世界大戰期間的文件，而他知道，他所上班的瑞士銀行（SBG），幾年來一直被懷疑在大戰時間與德國納粹有所合作，克里斯多佛決定，無論如何，老文件不應該被銷毀，四下正好無人，他拾起了其中幾份藏了起來，帶回家去。

回到他家，他和他太太仔細地把文件看了一下，一讀便嚇壞了。這批文件不是別的，正是過去大戰時期這家銀行與納粹所簽的合約，從一九三〇年到四〇年，德國納粹總部陸陸續續把從猶太人搜括而來的財富存在這家銀行的前身EIBA銀行，後來德國戰敗後，EIBA也隨之倒閉，瑞士銀行（SBG）將EIBA接手過來，逐漸成爲全瑞士最大的銀行之一，瑞士銀行也因這段過去一直是猶太團體訴求交還錢財的對象，幾年來，瑞士銀行始終對外表示「實情並不如外界的揣測，該銀行早晚會將詳細資料公諸於世」，克里斯多佛現在知道，瑞士銀行事實上根本不想將實情公布於世，相反地，瑞士銀行想將這部分資料銷毀，使後人永遠沒有機會知道這段歷史。

還好，克里斯多佛是一個平凡人，他有平凡人的良心，他和他太太一致決定，要將這些重要的文件保留下來，他們先是和以色列駐瑞士大使館聯繫，大使館一聽也很驚訝，便告訴他千萬不要將這些文件貿然郵寄，以免遺失，他們建議克里斯多佛就近去日內瓦找以色列駐瑞士文化中心，同時之間，克里斯多佛也知道，他不應該將這些資料交給瑞士警察局，否則這批文件也有可能遭銷毀。

這批文件公開後，紐約時報立刻從美國派記者訪問了梅里一家，而美國參議員達馬托是參議院銀行委員會主席，長年以來也一直致力爲猶太人尋求爭取大戰期間在銀行失落的財產，當他知道此事後，他告訴梅里一家：他要立刻邀請梅里一家人到美國去。在美國，無數有政治影響力的猶太人士對克里斯多佛的行爲感到萬分欣慰，因爲猶太人長年以來一直堅持要尋回大戰時期被納粹搜括的財產，已有一些負面的反猶說法出現，其中不少人甚至表示，猶太人在大戰期間根本沒有多少財產流失，猶太人這種堅持，「只不過是想獲得更多補償金。」

瑞士銀行在克里斯多佛公布了這些文件後，也對外公開道歉，銀行說他們絕對不是故意要銷毀文件，而是不小心的誤失。但是這種說法當然沒人相信。這件事公諸於世後，媒體也發表了許多對瑞士形象極爲負面的報導，這些報導指出，關於歧視猶太人一事，瑞士人一點也不落德國人之後。

所以說，克里斯多佛一夕之間成爲英雄這個說法並不成立，至少在瑞士肯定有不少人在私底下非常恨他，另外，克里斯多佛．梅里在他對外公布這件文件的同一天便被瑞士銀行革職。英雄在同一天也就失業了。

（一九九九）

統一十五年，新興德國快了？

德國統一十五年了，當年出生的嬰兒今天都已是高壯的少年了。許多人都還記得十五年前，柏林圍牆一夜倒下，多少德國人揮舞著國旗站在布蘭登堡的城牆上，那天，「德國是全世界最快樂的民族，」而十五年後，卻有不少德國人認爲，十月三日是德國統一日，但德國卻未眞正統一，統一紀念假日應予取消。

十五年來，德東人或德西人對統一都有抱怨，報怨永遠大同小異，兩邊的人民都覺得統一吃力不討好，德東人民多數認爲，政府未盡到照顧德東的責任，而德西人民則認爲德東拉垮了德國經濟。奇怪的是，十五年來，政客還不斷以口水保證未來會更好，這種沒有新意的競選說辭，到今天此刻還在德列斯登總理大選補選的現場上演。

德國人這麼多抱怨，說起來要怪柯爾，當年他快速促成德國統一，並且口口聲聲保證，德東經濟將很快便與德西一樣熱絡發展，整個德東將會是一片「璀璨富麗的田園」，柯爾的話實在說得太滿了，如果他對統一有貢獻，他對統一也有過失，最大的過失便是低估統一的困難，以及沒有任何的沙盤推演，草率行事。

德國統一十五年了，到現在仍然有三分之一的德西人從未踏上德東的土地，理由除了沒興趣，德東高失業率和景氣的蕭條更使人裹足不前。

統一十五年，眞正的付出者其實是德東人。十五年前，他們推翻了四十五年的共產政權，有勇氣站出來追求自由與民主，他們放棄了本來的生活，放棄了國名國旗和身份認同，投入全然陌生的政治系統和文化思想，沒有德東人民當年的勇敢抉擇，就沒有德國統一。

德東地區經濟轉型速度很慢，原因除了德國政府沒有周全的配套措施，與九〇年代的世界經濟不景氣也有關，但德東人努力投入新的工作環境，有一半的人口每天開上一百公里以上的車程到德西就業，而有四分之一的德東公司是新興行業，以前德東人從未接觸過，必須從頭學起。

德東人努力地適應德西生活，但卻得不到德西人的心。德國統一的故事像愛情，許多德國作家也在文學作品中呈現這種微妙的情愫，如當紅新銳作家赫爾曼便在她的短篇故事集裡描繪那樣的兩德愛情，而德東作家莫妮卡．瑪儂則以寓言故事赤裸地寫出一個德東女子對她的德西男人的堅貞愛情，衣帶漸寬，至死不悔。

德國統一是人類有史以來第一個經歷分裂與統一的國家經驗，如果統一是史無前例的實驗，那麼，時間便是統一實驗室裡最必要的條件，兩德雖未必眞正統一，兩邊人民生活條件仍不平等，未同工同酬，但是兩德也愈來愈分不開了，今天三十歲以下的德東年輕人很快融入了自由經濟競爭思維的資本社會，他們適應力強，吸收極快，比德西人更像德西人。

再十五年後，德國統一究竟帶來什麼樣的面貌，這就要看這一代「後圍牆時代」的德東年輕人將如何發展，屆時，無法適應資本主義社會的老一代東德人將逐漸凋零，新興德國那時才可能興起。

（二〇〇五）

人人都是希特勒

最近一本討論猶太屠殺的歷史書成爲德國市面上的暢銷書，不只如此，這本討論世紀以來最大禁忌話題的書才一出版，便是醜聞一樁。

此書不但在德國造成轟動，也是英、美及以色列目前的暢銷書。作者高德．哈根是猶太裔的美國人，這部作品是他在哈佛大學的博士論文，書名叫《希特勒執行德國人的願望》，副標題爲「普通的德國人和猶太大屠殺」。

造成轟動的原因無他，高德．哈根的論點推翻了長期以來普遍德國人的觀點，迫使德國人必須重新檢視其民族性。過去，德國人在回顧猶太大屠殺時，多半認爲希特勒時代的德國人是無辜的，大家只是服從希特勒的意旨，不得不屠殺猶太人，然而高德．哈根在他的書中反對這個看法：屠殺猶太人的願望出自所有的德國人，希特勒只是被推選出來執行人人的願望。換句話而言，屠殺猶太人者不只是希特勒，其實所有的德國人都是希特勒！

高德．哈根的論點很清楚：德國人屠殺猶太人之舉絕非歷史上的偶然，而是人民的共同願望與行動。德國民族性中不接受不整齊不乾淨的思想，在許多歷史因素的促成下，德國人相信，只有屠殺猶太人才是正確的民族責任。高德．哈根洋洋灑灑舉了許多例子，諸如當時的普通小警察執行其任內工作，卻能將其「清除猶太人」的工作發揚光大，不是出自內心使然，絕不可能如此勤快有效率。類似的例子不勝枚舉。

以高德．哈根的想法，希特勒並非暴君，相反地，他是一名極受崇拜和人民歡迎的領導者，當時普遍德國人將其視爲民族救星，「終於有人出來解救德國了」，希特勒也並未實行個人恐怖獨裁，他所作所爲，全是德國人內心根本的期待，高德．哈根要說的是：希特勒是被德國人推選出來，他只是行使所有德國人的意旨，希特勒並不是利用了德國人，而是所有的德國人利用了他！

半世紀以來，德國人雖非像日本人漠視歷史和自身民族的暴行紀錄，德國人承認歷史罪行，並且從很早以前便在公開場合一再向猶太人道歉，在面對這段歷史時也能低頭認錯。然而，多半德國人總是將罪過推向出生在奧地利的希特勒，彷彿沒有希特勒，納粹的暴行根本不會發生，而高德．哈根的論點因此再度在德國人的歷史良心上投下不安的陰影。

同時，這本書在德國造成醜聞的另一個原因是，翻譯德文版的出版社將整本書的重點淡化處理，改變作者原意之處甚多，令人不禁懷疑出版社出版的初衷，而該出版社在面對醜聞時，只表示「爲了不讓德國讀者驚嚇過度，失去市場」，才做少許更動。

僅僅這件事，便讓高德・哈根認爲德國人的反猶思想仍然無所不在。

（一九九六年）

永遠不要住在德國

兩名染上毒癮及多次因偷竊而被送往感化院的少女，在社工人員的陪同下，同遊四海，先是到紐西蘭享受自然田野，然後到夏威夷海灘曬太陽，接下去到美國及加拿大去看瀑布及鯨魚，這趟四人共約半年的旅行總值二百二十五萬台幣，錢是由德國政府資助，而類似的旅程正絡繹不絕於途。

這便是所謂的「感化度假」。

八〇年代末，心理學及犯罪學專家提出新的感化方法，他們認爲，透過生活中特殊人生經驗和嶄新視野，將使犯罪青少年較容易矯正其原先偏離的人生觀，使其回歸一般正常的生活態度。新方法專家都看好，但效果沒有人評估。過去五年中，大約有五千名不良青少年被送往世界各地至少五十個以上的國家進行「感化旅行」，平均每一個人約花費了政府一百九十萬新台幣。這些有權做「感化旅行」的青少年，多半是有嚴重暴戾傾向或對人生抱持過度灰色悲觀想法的人，也多半是在感化院或看守所度過很多教化日子，卻仍然冥頑不靈的人。

德國政府花大錢感化不良青少年，有效嗎？實際效果實在很難說，雖然很多專家看好「度假感化」，但是到目前爲止，沒有專家就其效益進行評估，然而，有關「度假感化」的負面效果卻不斷浮現出來。

在德國曾偷過數百輛車的不良少年丹尼斯，被送往瑞典，邊度假邊學修車。他被安排住在一戶收留他的德國夫婦家中，才十天不到便逃走了。丹尼斯從此逗留在瑞典，還是繼續他的老伎倆——偷車。

社工人員的素質及對「度假感化」的理解也有極大的差別，有些社工人員對陪同不良少年出國一事樂此不疲，因此被指乘機做免費私人旅行；另外，不良少年在國外與正常家庭同宿，也常常帶給住宿提供者很大的困擾。

而像前述兩位女孩四海遊玩的例子甚至更爲糟糕。她們在紐西蘭的計畫是騎自行車越野，兩位社工人員辛辛苦苦地在前面騎著鐵馬做示範，兩位女生堅持坐車看社工人員騎腳踏車，十五歲的珍妮佛以前便有多年的妓女生涯經驗，她在任何場合總是不忘跟所有的男人調情廝混亂搞關係；另一名叫莫妮卡的十九歲女孩脾氣暴戾極難控制，最慘的是，在旅途當中，她火爆脾氣發作，居然拿刀刺殺珍妮佛。

這套「度假感化」方式耗資龐大，很多納稅者當然會質疑這套方式的效果。其實，德國政府在境內感化院裡辦活動的費用一點都不比去國外旅行要省到哪裡去，甚至可能要更多。而問題是不良少年少女年年增加，好像什麼教化辦法都沒用。

珍妮佛在紐、美、加等國的長途旅行後，接著又在市政府的援助下去了加納利島，她在這套「度假感化」後得到的結論是：永遠不要住在像德國這種國家。

（一九九六）

東仔抬頭

兩德統一近十五年後，最近一股東德懷舊風吹了起來。八九年柏林圍牆倒塌後，不但東德政權急速垮台，東德國家名詞「德意志民主共和國」（DDR）幾乎一日消失，當時，東德人被冠以OSSI（東仔）字眼，而西德人則被稱之WESSI（西仔）；十五年來，「東仔」這個字一直都帶有那麼一絲負面意味，曾幾何時，OSSI這個字不但沒有貶義，且已成為時興。

柏林觀光局也動腦設法推銷這股東德熱，一個叫（Nostalgie Tour）的觀光方式也非常受歡迎，觀光景點都以前東柏林建築及文化為主，配有詳細導覽，提供東德啤酒及食物，巴士裡播放前東德流行歌曲，讓遊客重回過去東德時光。

德國統一後，「東仔」們到德國西邊旅遊，大多數人第一件事情便是買香蕉和牛仔褲。這些物資以前代表西方消費物資在東德被禁，「我們暗中嚮往，但不敢明說，」前東德作家胡許說，她今年三十二歲，剛出版一本暢銷書《懷念東德自由時光》，該書是繼《禁區小孩》後的東德懷舊代表作。彼時，東仔和西仔從外表打扮很容易一眼識出，德東人多年來在穿著上已全面西化，到今天從外表已分不清來歷，而此時德國境內開始流行前東德人民裝（乍看像流行品牌卡文克萊），甚至還有不少人學起以前東德人打起紅色的同志領巾，印著東德各種標誌的T恤也很熱門。

這十五年來，德國人忙著尋找親人，及批判前東德政權，尤其前東德祕密警察和情報資料公開後，大部分的東德人多年處於震驚之中，過去許多他們以爲的朋友或親人或者同事竟然便是監視他們的祕警，也有人懊悔當年不該視別人爲奸細，統一後的前十年媒體的報導也著重於檢視政治和政權回顧，德東人一談起此事幾乎不免咬牙切齒或痛哭流涕。現在這些事已入九霄雲外。痛苦的記憶已逐漸消失，剩下的是一些美好的片段，「那時的生活其實也沒有那麼不好」，很多德東人開始這麼說，圍牆時代的年輕人今天都是中生代了，而今天的年輕的「東仔」當時都少不更事，對統一並不感謝也沒有太多感覺。

一個繼一個的東德懷舊秀相繼在電視台開播，收視率驚人，主持人都是「東仔」，節目邀請前東德名流和各號人物談論以前的東德現象，當然老歌新唱，以前被認爲「土氣十足」東德綜藝節目規格現在看起來也「頗有後現代氣息」，前東德人酷愛玩的益智遊戲和猜謎現在也引起風潮，以前東德的產品沒人要，現在卻在網路上暢銷，連在E-bay都可以看到，象徵前東德工業的「塔班」（Tarbant）牌汽車統一後幾乎都被當破銅爛鐵，但現在又成爲搶手貨。德國社會學家林德曼針對此現象表示，兩德統一形成東德名義上的喪亡，使得前東德地區人民也同時失去身分認同，而統一過於迅速，「很多人經過十餘年的覺醒，才重新找回自己的認同感」，而懷舊其實是尋回身分認同的過程。

而從經濟的立場而言，統一後的德國經歷戰後最大景氣衰退，德國經濟低迷不振，失業率已達百分之十三，在一些前東德地區甚至高達百分之三十，使得很多德國人歡迎前東德價美物廉的產品，目前在德國各邦甚至有前東德超級市場連鎖店，專賣東德時代著名的家用和食品，如牙膏、巧克力、醃黃瓜及維他可樂等，除了懷舊心理外，一位經營連鎖店業者表示：「價格便宜應該也是吸引人的原因。」以人性角度來看，德國人習慣自省，喜歡回顧歷史，「忘記殘酷，記取溫情」本來也是人性的表現，也因此這股懷念東德的風潮便愈有增無減，成爲明顯的社會現象；這個社會現象說明了許多人對東德歷史文化的好奇，最重要的，也說明了前東德人民對統一後德國經濟衰蹶不起的失望。

（二〇〇二）

中國也有個辛德勒

裘法祖的大名在中國大陸醫學界裡無人不知，但很多人不知道，他也是一個像辛德勒那樣的人，他在二次世界大戰結束前，救濟無數的猶太人。

辛德勒是一名住在波蘭的德國工廠老闆，他在納粹當道期間，說服了當地集中營主管，讓他起用猶太勞工，他因此救了數百名猶太人的命，這個故事被好萊塢大導演史匹柏拍成電影得了許多奧斯卡獎。

裘法祖是中國來的留德學生，一九卅六年，他由中國前來慕尼黑大學醫學院就讀，僅僅幾年間，他不但以優秀的成績畢業，並在幾年不到，由外科醫生一路晉升至外科主任，在德國醫學界上是絕無僅有的例子，裘法祖因醫術高明，在德國還獲得「中國神醫」的外號。

一九四五年，戰爭進入尾聲，德國眼見就要戰敗，但許多納粹軍人仍然虐待他們長期看守的猶太囚犯，裘法祖任職的醫院離達豪集中營不遠，有一天，醫院裡發生了一件大事。

年輕的裘法祖正在開刀房動手術，醫院護士長跑了進來，神情緊張地高呼：地上躺著一群集中營的囚犯，裘法祖對納粹虐待猶太人的事雖常有所聞，但多半祇於私下耳語，他決定救人要緊，便帶著幾個學生過去。

當時，納粹軍人也看到了這群病倒的猶太人，還持槍要這群人站起來，裘法祖鼓起勇氣告訴納粹軍官，「他們得了傷寒，必須趕緊救治，」當天，裘法祖的上司請假，而他是副主任可以全權做主，幾個納粹軍人不可置信地看著一個黃皮膚的醫生，操著一口流利的德文，便任憑護士和學生把病人扶走了。

這件塵封往事最近因爲德國世界報的報導，使得德國人也津津樂道。裘法祖說，當時，納粹也知道大勢已去，所以才讓他把病人接送，不過，他是完全未考量後果便斗膽這麼做，「因爲初生之犢不怕虎」，那年四月，六千多名猶太囚犯在美軍來之前被驅趕出集中營，許多人往城裡逃命，沿路會經過巴德托爾茲，那便是裘法祖任職外科醫生的地點。

那是一條死亡之路，一些身體羸弱的猶太人，常常在路上便被納粹軍就地槍決，但是也有許多德國居民生平第一次看到集中營來的人，偷偷地救濟他們。

裘法祖和護士及一名女醫生把囚犯安置在地下室，他後來回憶，「他們看起來很糟，我們只找到幾條被子，並熬了一大鍋湯。」那次救助行動，裘法祖的德國妻子也在場，他們相識於一九四〇年，至今已結褵了六十五載。

一九四六年，他們回到了中國上海，後來又帶著三個孩子沿著長江而上定居在武漢，裘法祖在那裡成立了武漢大學的同濟醫學院，爲中國外科醫學奠定了基礎。

裘法祖一生行醫救了無數人，而他的妻子羅懿也功不可沒。大戰甫結束，裘法祖放棄在德國行醫的職位，決定返回祖國，他的妻子不但跟著他，且在中國一住六十餘年，文革時還陪著裘法祖受罪，每天清掃廁所，對這些事她只淡然地表示，「至少中國的廁所徹底地被清潔過一遍。」

當年，裘法祖要妻子在德國與中國間選擇，她決定加入中國籍，無怨無悔，陪著裘法祖度過這一生，做他的「終身小護士」。二人現居武漢，裘法祖九十一歲，羅懿八十二歲，裘法祖說，他「這一生最大的幸福是他美滿的婚姻」，早年，羅的親人常勸她回到德國過些好日子，她總是堅定地說，「我的位置永遠在我丈夫旁邊。」

裘法祖在中國醫界有全才之稱，他是一個改造中國現代醫學外科面貌的人，創建第一所器官移植研究所和移植病房，即便九十一高齡，他仍然在爲一九九九年於武漢起草的人體器官移植法及腦死的臨床診斷標準等案奔走疾呼。他也是中國外科醫學基本教材的重要執筆人，一生獲得了大大小小的勛章，其中一枚由德國總統頒發，表彰他爲德中醫學做出貢獻。裘法祖後來被選爲中國科學院院士，並譽爲「中國外科之父」。

（二〇〇五）

世界正在目睹這些現場

電影一百歲，新浪潮何去何從？

誰用歌詞統一了整個國家？

4. 現場

林登保用歌詞統一了德國

這個人是德國流行音樂界的天王，不但是搖滾樂界呼風喚雨的人物（法國人的說法叫頑童Enfant Terrible），紅了三十年，且靠寫歌詞便得過德國總統頒贈的國家大勳章，很多人私下都說，德國統一其實不是柯爾，也不是戈巴契夫，而是他的功勞。

這個人叫伍竇・林登保（Udo Lindenberg）。他是已逝著名東德前衛劇作家海納・穆勒（Heiner Mueller）最喜歡的歌手，五十九歲，三十年如一日，一頂黑帽壓得很低，黑西裝，成名後都住旅館套房，女朋友無數，八〇年代的德國流行天后Nena曾經便是其中一位，他和同一代的搖滾樂界最大的不同是他對政治的投入，他不像許多人那麼無政府主義，與迷幻藥的界限涇渭分明，歌詞充滿政治批判，林登保早年對爵士樂很著迷，他尤其喜歡打鼓，十歲起便參加樂團（Border Town Jazzband），他父親當時送他一套打擊樂器，一年後他便開始參加樂團的巡迴演出，十二歲甚至還得了最佳鼓手獎。

林登保隨後參加過不同的樂團，開始寫歌詞和畫畫，六八年他搬到漢堡，原來打算去當船員，結果一首他做的歌曲安蝶婀・多麗亞「Andrea Doria」唱片短短幾個月便賣了十萬張，從此決定了一生事業，但林登保一直沒忘情美術，他到現在仍然經常做素描，固定舉行畫展，同時歌詞創作不輟。

爲什麼說林登保的歌詞統一了德國？他在八〇年代初的創作歌曲叫「班考特別列車」（Sonderzug nach Pankow），當時的班考是在東德境內，而這首歌的歌詞表面上是呼籲當時東德總統何內克邀請他去東德演唱，深刻來說也是要求東德開放民主自由，沒想到這首歌不但紅遍西德，也傳進了東德鐵幕，當時許多東德人最希望西德親戚郵寄的物品之一便是林登保的唱片。

艾利希（何內克的前名），嘿，難道你眞的是那個頑固的小矮人（白雪公主裡的人物）？爲什麼你不能讓我在工人與農人的國度裡演唱？

前東德總統艾利希・何內克在境內要求改革的壓力下不得不眞的邀請林登保前往演唱，林登保八三年去東柏林首度登台，成爲兩德分裂後第一位在東德演唱的歌手，演唱會擠得水泄不通，不過前往的觀眾事前事後都經過東德秘密警察長期的追查，而林登保在東柏林的日子每天最少有十多位秘密警探盯著，但是何內克不敢不去捧場。

林登保只去了一次，隔年的演唱會便被取消，但林登保此時已紅到蘇聯。八五年，林登保前往莫斯科與當時蘇聯紅遍天的女歌手愛拉・普加修娃（Alla Pugatschowa）合開演唱會。八七年何內克首度由西柏林到東德來拜訪，特別指名與他見面，林登保也送他一件黑色皮外套，這件事當時是全球頭條新聞。

柏林圍牆倒塌後，林登保在圍牆前開演唱會，這時的林登保已不再是搖滾小子，連頭髮都掉了一大片，但一頂黑帽依然，許多德東人一聽他那首班考特別列車就落淚。去年德國慶祝兩德統一，重頭節目便是邀請林登保搭上一班專門爲他開往班考的特別列車，在列車終點站等候他的人是他在德東許許多多的歌迷及德國總理施洛德。

林登保在九〇年代初對付當時境內一股極右派光頭黨不遺餘力，他甚至去拜訪被極右派打死的被害者遺孀，他那時的歌詞呼叫族群融合，他的「恐慌樂團」（Panic）雖仍時不時在德國境內演唱，但現在歌詞內容比過去平和得多，政治批判幾乎沒有。這一首歌叫「歡迎光臨柏林」（Seid Willkommen in Berlin）寫於兩千年底：

踏入無人國／步履輕輕走入霧牆／在你之前沒有人／在你之前也沒人看過／去立新的法律／並且只對自己忠實就好／瘋人的步伐闌珊／沿著綠菩提岸／撤走咖啡杯／叫了一份穀類顆粒／歡迎光臨柏林／你的情痴屬於這裡／此地需要的正是瘋狂／新舞台建起／讓那些無所謂的人跳舞／柏林（熊）已不知界限……

也許林登保有自知之明，早在他去東德演唱的時代，他便有一句著名的歌詞：再唱一首歌／雖然之後也會像／腸溶劑般溶掉……

但林登保已是兩德統一人物，他的歌詞已是德國文化的一部份，他便是兩德統一的歷史。

日爾曼人死於柏林

如果說九〇年代的我深深被德國劇場吸引，那我說的便是海納・穆勒。柏林圍牆還未倒下時，他住在東德，他是少數可以出入西德並且常常上媒體的東德知識分子，總是黑色套裝，夾著雪茄，威士忌杯從不離手，他說話慢條斯理，他的話語總是充滿現實的嘲諷，語不驚人死不休。那時我便覺得，他比任何西德人更像德國人。

那些年我在做戲劇，凡是他提到一切有關戲劇或人生，甚至政治的言談，對我都能形成興味，他是能激發我靈感的人，他是布萊希特之後最懂戲劇的人，是少數具有德國氣質的人，男人，長臉，嚴格說，長相有點醜，但是他吐出雪茄後，會緩緩道出讓你驚訝無比的警句。他可以從外在和形式看出端倪，並且說出端倪，事實上，他從來不重視形式，他從來不想以形式吸引觀眾的注意。他只重視內容。他是前衛的，但不是形式上的前衛，是思想上的前衛。

海納・穆勒這個人具有多面性，跟他工作的演員都崇尚他那樣開放及自由的工作態度，但現實生活中的他卻不是很多人可以了解：冷靜，溫暖，幽默，嘲弄，明智，刻薄。這些自相矛盾的特質全都符合他，但卻不全然都是他，唯一不變的是他那招牌面具：黑套裝，黑框眼鏡，雪茄，威士忌。他就是那樣一個誰看一眼都不會忘記的傢伙。

他是那種外表很酷，但是在看完因反抗納粹而死的年輕人傳記時會不停擦眼淚，而事後又不好意思的人。其實，他是悲傷的，因爲他對未來完全不抱希望，他從來是一個悲觀主義者，他比疏離劇場的布萊希特更疏離，他在現實中看到許多過去的線索，他的作品只處理過去和現在，他不碰未來，沒有未來，只有現在，只有發現過去的現在。他的作品充滿啓示錄的味道，具有現代劇場少有的遠見。

他的主題常圍繞在人與體制的對抗，沒有人知道他是否眞的對社會主義還有一絲期待，應該沒有，他說過，人基本上是被兩種東西統治和控制，一是國家，一是意識形態。他從來不認爲柏林圍牆的倒塌帶來自由，相反地，他認爲自由早已被埋葬在圍牆的石頭之下，他是無政府的，甚至反對國家，但是他卻經歷兩個完全不同的國度，他在兩種政治體制中都只看到絕望，所以他說，他的雪茄愈來愈粗，點的威士忌也愈來愈貴，那是他抒發及嘲弄生活的必要之道。

海納・穆勒一九二九年生於東德的一個公務員家庭，父母都是社會主義的服膺者，大戰期間，海納・穆勒曾短期遭美軍俘虜隨後釋放，四七年，他加入國家社會主義黨，並且在圖書館當管理員。他後來參加寫作班，五〇年起在東德的週日報擔任文學評論和記者的工作，幾年後，開始在柏林劇團擔任研究員和助理，從此開始編劇，並在東西德兩地導戲。

海納・穆勒一生活得相當特別，他在冷戰東西德分裂時期，便有各種機會以東德人的身分到國外講學，如美國和法國等地，七〇年代起，經常受西德劇院的邀請，最著名的作品是七八年在慕尼黑導的「日爾曼人死於柏林」，及七九年在埃森所編導的「哈姆雷特機器」，該作品意在否認所有歷史的存在方式，被喻為解構劇場的代表作之一。

兩德統一後，海納・穆勒被視為東德精神的象徵人物，各個文學戲劇獎也紛紛頒給他，九三年，華格納家族經營的拜魯特劇院請他去導演他的第一齣歌劇「崔斯坦與伊索德」，該作品被譽為華格納本人之後最傑出的歌劇演出，而同年卻也爆出海納・穆勒曾參與前東德國家安全部的非正式雇員工作，使許多人不敢置信。海納自承那些年的確與東德祕警長期「保持來往」，但不承認自己做了任何有損別人權益的事。

明白前東德祕警無孔不入的監控系統的人都會原諒海納・穆勒，但也有一些保守的衛道人士不是如此，那兩年對他而言是苦不堪言的兩年，幾乎已失去保持緘默的權利，九五年他死於癌症。

（二〇〇四）

包起來，包起來

克里斯多（Christo）曾說過，他最崇拜的英雄是小說人物唐吉訶德。其實他自己一生的藝術創作過程與唐吉訶德大戰風車的傳奇如出一轍，只不過唐吉訶德不像克里斯多那麼幸運，也不像克里斯多在創作過程中如此自由，可以爲所欲爲。

在「德國地位最高的女人」眾議院院長蘇斯慕絲的協助下，六十歲的克里斯多夫婦在多次斡旋後，前帝國大廈將進入「閒人勿進」的工地時段，德國政府將全面整修未來的國會，作爲遷都的最後準備。

包裝德意志帝國大廈的計畫雖然在九四年經過國會表決通過，但今天仍在德國境內有許多不同的聲音，反對此計畫的人包括德國總理柯爾，他們認爲，去包裝象徵德國歷史的德意志帝國大廈，會破壞該建築物的歷史象徵意義。在克里斯多最後趕工階段，很多柏林當地人士圍在工地現場示威，他們不認爲「把東西包起來是什麼藝術」，還有人以金布把自己包起來，在金布上寫著：「這不是藝術」，以表抗議，德國基民黨黨團主席蕭伯樂甚至還說，克里斯多不該斥鉅資去包裝大廈，「他應該把這些錢捐給慈善機構」。

克里斯多的包裝計畫共花費一億兩千萬馬克（約台幣十五億），德國納稅人不必付一毛錢，全部的經費將由他本人支付，而在作品展出後，他將以拍賣作品的材料及他的素描和包裝建築的模型來追回他的經費，在展出的兩個星期當中，克里斯多已聘請了一千兩百名學生在現場充當藝術作品的介紹人，分發作品的說明宣傳單和解釋創作的經過，估計可吸引三百萬觀光客。

克里斯多的包裝藝術融合景觀藝術、流行藝術（Popart）及達達藝術的精神，不過，他早年受藝術家曼瑞（Manray）的影響最大，曼瑞可能是藝術史上第一個有包裝藝術想法的人，藝評家也認爲克里斯多與Bueys的創作有很多雷同之處，不過也有人以爲，克里斯多的包裝藝術有保險套的嘲諷。

克里斯多夫婦因嚴苛管制媒體對該作品的報導，引起不少德國媒體發表反感意見，尤其克里斯多夫婦聲稱作品爲兩人的共同結晶，使很多人大感意外，克里斯多一再重複，不但這個作品，過去所有的作品都是他們夫婦共同創作出來的；由於柏林美術館原本在包裝計畫結束後，有意推出「克里斯多回顧展」，但因該館不同意克里斯多的妻子尚克勞德的名字出現在節目名單上，使得克里斯多憤然拒絕展出。

從藝術的眼光來看，該作品仍有不少見仁見智的看法，但從社會政治的論點來看，該作品的確爲統一後的德國帶來一個正面及嶄新的視野，德國容許及促成這個作品的誕生，顯示的便是統一的德國已具有寬容和反省的氣度。

德意志帝國大廈（Reichtag）是德國最具政治意味的建築，克里斯多表示，雖然德意志大廈是第三帝國的表徵，希特勒也曾在此出入、進行其政治野心，但他卻不認爲該大廈與希特勒有什麼特殊關連，他說，德意志大廈是德國民主的發源之地，地處東、西要塞，「去包裝它，象徵的便是自由」，尤其在柏林圍牆倒塌之後，包裝位於柏林的德意志大廈是一種象徵性的儀式，象徵一種新意識形態的氛圍已形成，同時，也象徵著一個統一國家的重生。

原籍保加利亞的克里斯多說，一九七一年，他收到一封友人從柏林寄給他的帝國大廈的明信片，從那一刻開始，他便一心一意想把它包裝起來，他在素描簿上反覆地描出各種包裝大廈的草圖，但更具體的是，他開始積極尋找贊助此一龐大計畫的企業主。前兩年，德國政府決定遷都柏林，並將前德意志帝國大廈作爲未來統一的德國國會地址，他的計畫才引起很多人重視。

克里斯多的作品很簡單：他將使用近五十噸的布料，花費六千萬馬克（約台幣八億元）、動用兩百五十名裁縫，在三個月中設法將一棟有一百二十年歷史的德意志帝國大廈包裝起來，爲期兩個禮拜，然後再將布料拆去。

研究一下克里斯多的背景便不難了解他包裝帝國大廈的由來，一九五七年，克里斯多由東歐的共產國家逃至西方世界，從那一天開始，他從來沒有「家」的感受，而帝國大廈對他來說，正是一個政治衝突的悲劇誕生地，也因此，克里斯多渴望去包裝它，渴望去重建自我的歷史及內心秩序。

今天，他的願望得以眞的實現，但是，這項重大包裝藝術計畫背後所隱藏的複雜準備過程卻被人忽視，爲了創造這個作品，他前後共等待了五位德國總統，歷經二十四年的書信來往、申請及無止無休的反覆討論。

克里斯多曾在九一年以幾萬支大黃傘裝置加州，同時以幾萬支藍傘裝置日本，後來，大黃傘計畫曾意外釀成人命悲劇，使得包裝藝術家克里斯多一度陷入創作低潮，他說，目前包裝帝國大廈的計畫是他有生以來最重要的包裝藝術計畫，也是最後一個包裝藝術，在包裝帝國大廈後，他將不再包裝任何建築物了。

（一九九七）

貝聿銘建造兒時花園

在德國總理柯爾的堅持下，美籍華裔建築家貝聿銘將在柏林為德國歷史博物館建造一棟新建築。這是貝聿銘繼巴黎羅浮宮後第一次為德國構思的建築，德國政府期待貝聿銘能為統一的柏林帶來新的建築文化。

由於當初建造巴黎羅浮宮外的玻璃金字塔時，曾引起法國文化保守派的強烈攻擊，認為「美國垃圾建築已侵犯到歐洲的人文傳統」，至今其爭議性仍未完全褪除，德國總理柯爾近日特別對媒體強調貝聿銘的重要，柯爾說，德國歷史博物館新蓋附屬建築的計畫，無論如何勢將引起各界批評，但是「貝聿銘」這三個字絕不會刪去。

聘請貝聿銘為柏林設計一棟建築的計畫，是德國決定遷都柏林後的重要重建工作之一。這棟位於柏林中心下菩提路（前東柏林）的建築，是附屬於著名的德國歷史博物館之後，未來將作為該博物館的展覽場地。

貝聿銘在紐約的建築師事務所，目前每年約有二十件重要建築計畫邀約，他在一九九五年十月第一次與柯爾見面時，柯爾對他的作品耳熟能詳，這一點也頗令他驚訝。

貝聿銘最後決定建造德國歷史博物館新建築的一個原因是——感謝。他當年在美國念建築時，認識了兩名恩師都是爲了逃避納粹移民到美國的德國人；一位是建築大師**Gropius**，另一位是前哈佛大學建築系主任**Breuer**。貝聿銘說，他受益兩位名師甚多，前者更因賞識他，在他畢業之後便網羅他到自己的建築師事務所工作。他說，他向兩位亦師亦友的師長學到最重要的基礎道理是：一個人若要懂得建築，就必須先懂得生活。

在決定爲柏林建造新建築後，貝聿銘開始蒐集有關德國建築的資料。他從一九七○年以來便常拜訪柏林，統一後也來過數次，他認爲統一後的柏林仍然有歷史傷口未復合，尤其在柏林，他深深感到兩德之間其實「心中之牆」仍屹然存在。他說，統一需要比想像更長的時間，他也希望他的新建築作品能化解兩德之間無形的阻隔，爲未來的首都柏林帶來一些統一新氣象。

不管是羅浮宮的金字塔或波士頓的甘迺迪紀念圖書館、華盛頓的國立畫廊、香港的中國銀行，或者克里夫蘭的搖滾樂博物館，貝聿銘說：「我總是在建造兒時的花園。」今年七十九歲的他，一九一七年生於上海，就學於上海聖約翰學校，接受西式教育，隨後便遷居至美國；一九六四年，甘迺迪的遺孀賈桂琳執意邀他爲甘迺迪設計甘迺迪紀念圖書館，那時，貝聿銘尚沒沒無名，也是那次設計後從此一炮而紅。

關於柏林的德國歷史博物館將興建的建築設計，貝聿銘表示，將在限制的二十三公尺高度內，利用博物館旁的大片樹林，強調出「博物館島」的感覺，還有，保留該地的歷史感及內涵，整個建築外圍繞出行人徒步區，晚間則使用設計的燈光來凸顯該建築的生命和意義。由於該區一向死氣沉沉，他有意以他的建築設計爲柏林中心帶來更多的活力。

爲了深入了解這個建築設計究竟應擁有何意義，貝聿銘常常不要別人提供他任何介紹，他喜歡一個人在柏林街上走動，和當地人發生互動的關係。德國人畢竟和以民族文化爲至尊的法國人不一樣，到目前爲止，尚未有任何抗議的聲音出現；相反地，許多德國人期待「石水專家」貝聿銘的妙手，看看他能爲柏林帶來什麼樣的建築新面貌。

（一九九七）

電影一百歲了

柏林舉辦第四十五屆影展，同時也爲電影誕生一百年大肆慶祝。人類看電影已有一百年的歷史了，但柏林影展卻瀰漫著一股追悼電影的氣息，似乎對未來展望不多。

一八九五年十一月二十三日，德國史塔登諾斯基兄弟（Skladanowsky）在柏林冬季花園播出幾部無聲的短片，這些短片的內容在今天來看並不稀奇，但當時卻帶給人們無限驚訝。史氏兄弟成爲有史以來最早拍攝電影的人，但因爲他們的電影技巧不如後來居上的法國路米埃兄弟，因此，史氏的成就逐漸爲世人所淡忘。

一百年前，德國已經有人走在時代的前端，率先拍起電影，一百年後，第四十五屆柏林影展也特別開闢了一個「新德國電影」單元，檢視下來，成果平淡無味。尤其是柏林影展有意爲角逐奧斯卡最佳外語片的德國電影「誓約」護航，不但選爲開幕片，而且還大肆宣傳，爲該片造勢。但這部以柏林圍牆爲故事的愛情片在首映後反應奇差，惡評連連，搞得柏林影展灰頭土臉。再加上本屆影展海報引人詬病，一條不知要通往何處的公路，使人不由興起一股窮途末日之感，難道柏林影展要加劇電影走上窮途末路的預言？

一部德國電影開拍了，兩人坐在窗前，若是美國電影的話，這兩個人可能開始談情說愛，幾個畫面後，觀眾會立刻感覺到戲劇張力。若換成德國電影，這兩個人很可能就在談政治，沒有人知道爲什麼要老談政治？德國人嚴謹的民族性使得電影創作不斷增添知識性，而逐漸缺乏娛樂性。連德國人自己都說：「法國人愛批評電影，美國人愛賣電影，德國人根本不懂電影。」

事實上，僅次美國，德國已經取代法國，成爲最喜歡看電影的民族。僅在去年，好萊塢的卡通片「獅子王」尙未下片便造成七百五十萬人潮，數目可觀。但問題是，德國人愛看外國片，他們雖自喜地表示德國已是第二大電影王國，卻忘了充斥在這個王國裡的都是美利堅的「二手貨」。

二〇年代，許多默片的經典名著在德國開拍，柏林也確實有相當扎實的電影製作技術。由於默片不會有語言的障礙，很多德國製的默片反而在美國非常轟動。當時，德國的電影技術甚至凌駕美國。

然而三〇年代後，由於戰爭及納粹的崛起，很多重要的猶太裔德國導演紛紛逃至美國，其中也包括許多重要的本地演員，使得德國電影文化開始全面改觀。

到了五〇年代，經過二次戰敗的經驗，此時的德國工業及經濟逐漸復甦，以家園爲題材的所謂「鄉土電影」興起，將大批觀眾重新帶回電影院，不過，鄉土電影的驚人熱潮恐怕與當時電視尚未普及有關。

七〇年代的德國電影工業誕生了一名天才，這個人其貌不揚卻滿腦子想法，他叫法斯賓達。年輕的他，沒錢也沒人，卻在巴伐利亞開始一部接一部地拍起電影。那些電影不但品質相當優秀，還眞的有人看。到了八〇年代，法斯賓達已經將德國新電影帶入另一個紀元，只可惜他英才早逝，未能留下更多作品。

德國電影近年來十分不景氣，隨著經濟的衰退，加上統一後支付德東的重建迫在眉睫，政府無暇也無錢繼續大幅補助電影工業。但儘管如此，德國政府每年還是補助了電影製作費高達三十六億台幣，使德國電影人根本沒有抱怨的餘地。而且統一後德國人口增加，未來電影市場其實仍大有可爲。

爲什麼德國人一向做什麼像什麼，但拍電影卻拍不過美國？原因雖然不少，但最脆弱的一環，便是人才的培養，由於沒有制度和傳統，德國人又偏重知識性的一面，而電影事業畢竟無法脫離娛樂而自存，結果是連德國人自己都不愛看德國電影，甚至連外國觀眾也對德國電影不那麼熱中。

另一個問題是，好不容易出現了一些電影人才，這些人立刻轉往好萊塢發展，沒有優秀人才願意留在德國，今天的好萊塢電影界充斥著講英文帶德國口音的技術人員，有的甚至還屢獲奧斯卡獎，而這些人卻「不屑」爲德國電影效命。

美國電影獨霸世界的因素很多，美國地大人多，電影市場原來便很可觀。而政府對市場放任自由競爭，使其具反托辣斯性格，片商無法兼任製片甚至自擁院線，避免市場壟斷，因此才能免除惡性競爭。而且美國長久以來的娛樂文化和電影製作技術，已維持相當的制度和傳統，再加上美國民族性的開放和樂觀，使得整體電影文化功力無窮，充滿想像力。

柏林影展過去一向以作品的創作性爲前瞻，但近年來爲了吸引人潮，而遷就好萊塢電影，影展主辦單位缺乏選片原則，影片水準愈見雜亂無章。而且影展單位的官僚系統化，更疏離了不少熱愛電影的電影人。

從柏林影展，不難看出德國政府有意以柏林影展爲對外窗口，大力促銷德國新電影。但影展似乎忘記了，過去德國早就經過新電影浪潮的洗禮，現在都已經一九九五年了，那時的新電影恐怕也早已過時。而新電影究竟是死了，還是活著？

柏林影展四十五年前其實是由美國政府出錢所辦，美國政府很早就有計畫在歐洲開辦影展，目的便是爲了推廣美國電影。四十五年來，柏林影展只證實了一件事：美國電影的確成功地佔據了德國人的電影院。

（一九九五）

大畫家的中國手術

因爲到中國北京去動了一項手術，畫家伊曼道夫又再度在德國境內引起議論紛紛。

伊曼道夫是世紀前衛派大師包依斯的高徒，也是德國國寶級藝術家，飽受禮遇，但也常吃官司。他爲德國總理施洛德做畫，把施洛德畫得像個囚犯，但施洛德還很得意地把畫家的作品懸在總理府的官邸。

伊曼道夫在中國名聲也很大，前幾年在中國展出個展，也接受了中共中南海官員風光的對待，他因患不治之症肌萎性側索硬化症（ALS），近年來身體開始不能自主，在多方考量下，他決定再度前往北京西山醫院做一項腦部手術，由於這項手術極具爭議性，伊曼道夫甚至在手術後才告知自己在德國的醫生，因爲他知道「他的德國醫生一定會勸阻他不要這麼做」。

做爲畫家，伊曼道夫很早便享譽國際，早年他是個毛主義分子，作品政治批判性濃厚，主張政治不可干預藝術，二〇〇二年起他兩次到中國展出，不但在北京的世紀壇展出，作品連審查都沒有，只有兩幅史大林和毛澤東站在一起的作品及燒焦的納粹標誌被建議不要展出，伊曼道夫在不同場合都強調他是中國迷，對中國文化深感興趣，他曾擔任天津美術學院客座教授。

伊曼道夫成名後醜聞不斷，如吸毒召妓，他前兩年也因在旅館召了九位妓女吸毒共歡，又在家中被查出古柯鹼被判八個月的刑，差一點喪失國家教授資格，但是因名氣太大，最後都不了了之。

伊曼道夫患的不治之症對畫家而言相當殘忍，他的手臂在手術前已完全麻痹，右手不能活動，若不進行手術，他的腦部神經將逐漸敗死，不但會失去全身的運動功能，連呼吸也不可能，只有等死。伊曼道夫在與北京醫生做了長時間溝通後，決定進行手術，這項手術正在研發中，「我知道手術的風險，我願意以我自己的身體進行實驗。」

這項腦科手術由西山醫院黃紅雲醫生執行，把流產胎兒中的兩百萬個嗅鞘細胞移植到他大腦的兩處，手術者咸信可以激活神經細胞的自我修復功能，可以治癒骨髓及中樞神經損傷的病人，不過，這項神經外科手術尚未在西方醫學界得到認同，且以胎兒細胞進行人體移植已在各地引起道德爭議。

伊曼道夫在手術後非常滿意，他告訴媒體，他的平衡感好轉，腿的感覺增強許多，原先不能活動的右手現在可以高舉至頭部以上。他在八月將在德國展出大型展覽，將爲肌萎性側索硬化症的研究集資三百萬歐元，他希望未來醫學界能深入研究該症。

嚴謹的德國醫學界對此項手術非常不以爲然，德國醫學權威都表示，此項手術不嚴肅及不符合醫學倫理，因爲到目前爲止，還沒有人清楚嗅鞘細胞對人體到底有何作用，至於病人宣稱病情好轉，這是手術後的自我心理慰藉作用，並不足全採信。

（二〇〇四）

愛吃的大文豪歌德

歌德是德國大文豪，他的作品和美學精神不但對德國文化也對世界文化影響遠鉅。他年老時曾抱怨自己一生都在寫作，人生快樂的時間加起來不過短短幾天，其餘多半是痛苦的日子，使人以爲歌德的寫作生活像苦行僧，殊不知他其實是美食家。

讀過歌德的書信和日記，會發現他的抱怨似乎有點過份，可能只是晚年臥病在床的無謂呻吟。大部份研究歌德文學的人都認爲，歌德是個挺會過生活的人，不但常到處旅行（喜歡去義大利），多與有趣或者有影響力大的人物相遇，如拿破崙，也經常到德國境內的卡爾斯巴及捷克內的馬倫巴做溫泉療浴，很多人認爲歌德其實是個非常會享受生活的人，不但喜歡女人，本人是傑出園藝家，也是個美食家，他偏愛德國餐點和名酒。

德國菜不像法國菜有時顯得虛張聲勢，也不像義大利菜那麼花稍討好，且不少人對德國食物有偏見，用「吃什麼是什麼」的哲學來檢驗食物，結論便是德國食物份量大且內容扎實，但不甚美味；德國大文豪歌德若在世一定會強力反對這個結論。

不過，歌德也對義大利菜很有好感。德國各大城市的義大利餐廳滿街林立，似乎比德國餐廳還多，德國民族欣賞及接受義大利文化，自古至今依然。在德國哲人的心目中，義大利建築和生活秩序還是高人一等的美學標竿。

德國菜一點都不難吃，偶爾在鄉間點到好吃的家常菜，還美味得令人起疑，但餐廳賣的餐一般口味重，不算清淡，對一些斤斤計較卡路里的人及講究低醣和低碳水化合物的人不一定合適，德國人早餐多吃麵包奶油果醬，偶爾吃七分熟的煮蛋（continental breakfast），但不少人從早上開始便吃煮肉片或香腸，甚至在北德還吃生的醃鯡魚。

大部份的德國人一天只吃一次熱餐，多半是中午，以肉爲主配上副食，晚上則多半吃冷盤如麵包和起司。而德國麵包內容繁複，以雜糧穀類爲主，不像法國或義大利人喜歡白麵包。

德國人喜歡吃雜糧麵包和喝啤酒，更喜歡馬鈴薯，幾乎一半的魚肉類主餐都配馬鈴薯，馬鈴薯做法也很多，台灣觀光客喜歡點豬腳，烤豬腳配酸菜是南部德國的家常菜，其他地區的豬腳做法則是煮式。歌德不喜歡豬腳，他吃豬頭肉配芥末醬。

從歌德的文學可知，不管他與克麗絲汀娜小姐秘密約會或參加官方正式宴會甚至與爲他立傳的艾克曼徒弟野餐，歌德都非常講究美味，歌德究竟愛吃什麼？

他愛吃烤閹羊肉、野味及鯉魚配波蘭汁，他在作品中多次提到自己嗜吃蘆筍、朝鮮薊、栗子和龍蝦。說來說去，歌德最愛吃的還是德國菜。

（二〇〇四）

你那優雅從容的姊妹

我說的是史坦伯格。

史坦伯格（Starnberg）縣位於德國慕尼黑市南方卅公里，以湖景聞名於世，是個人文聚集之地，許多名人都在這裡住過，包括德國大文豪湯瑪斯・曼，希特勒最愛的才女攝影家列妮・芬史達爾及史詩劇場的布萊希特。美國大詩人艾略特經過這裡，深爲湖光山色所感，也曾在此短居，寫了無數動人的詩。

其中，最特殊的一位史坦伯格居民便是路易二世。他便是那個熱愛華格納的巴伐利亞國王，爲了聆聽華格納的唐懷瑟，他在皇宮地窖裡造了一個人工湖，早在愛迪生發明電的同時，便邀請愛氏來爲地窖設計舞台燈光，他也斥鉅資在阿爾卑斯山麓之上蓋了夢幻皇宮，命名爲新天鵝堡的皇宮後來成爲狄斯奈樂園的精神指標，他只在那裡住了幾天，便死了。

我扯遠了。我要說的是他死於史坦伯格湖，且他一生也與史坦伯格密不可分，而巴伐利亞王國的國旗是藍白相間的圖案，指的便是一種巴伐利亞的藍光，這種光線經由阿爾卑斯山上的雪反射到湖邊才可能出現，巴伐利亞的藍天，史坦伯格的湖光，我必須說，我從小是在台北縣長大的，而我現在卻因史坦伯格而遠居。

史坦伯格有說不完的故事。敏感多才但脆弱的路易二世年紀輕輕便死了，死因不明，有人說他是自殺，有人說是謀殺，因爲他濫用國庫造城堡，也不理政事。還好他留下了新天鵝堡，並且長期資助華格納，讓後者無後顧之憂地創作，作了許多撼動人心的作品。

我騎自行車去了路易二世溺水的地方，後世爲他在溺水地架起十字架，並蓋了一個小教堂，我在黃昏時坐在史坦伯格的東岸，心裡驚喊著：天啊，這麼完美的地方。這麼完美的死亡之處。那時太陽西斜，兩位戀人肩靠著肩坐在十字架前的鐵欄杆上。我看著他們的背影，我說過了，我是爲了那光而在這個城市留下，整整十三年了。

之前我在許多別的城市，也曾在心裡那樣驚呼。譬如在義大利托斯坎尼一個叫莫特普契安諾（Montepulciano）的小鎮，我坐在城中心的教堂階梯上，那個下午，我想呼喚神的名字，但找不到神的名字，我就坐在那裡，整個下午，坐在那裡寫信。

現在是史坦伯格湖。夏天時我常來這裡游泳，湖水清澈，偶有天鵝爲伴，我也常坐在湖邊，在附近爬山走路。藝術家喜歡住這裡，我相信就是爲了這湖光信仰，這是精神洋溢的湖濱，除了作家和富翁，應該也住了許多巫婆，那些巫婆不像中世紀一樣被綁上石頭丟進湖裡，那些巫婆勤於讀書旅行，去了世界各地，她們什麼都知道，她們知道史坦伯格湖有一種力量，她們說，這力量可以治療，可以使人更幸福，根據德國媒體的統計，住在史坦伯格的人不但最富有及最健康，除此之外，也是全德最快樂的德國居民。

史坦伯格住了許多奇人，羅塔・昆特・布漢（Buchheim）也是一位。這位寫過多本暢銷小說的作家畫家兼收藏家在湖邊蓋了一棟博物館，陳列他個人長年的藝術收藏品，四年前開幕時我來過，看過他收藏的徐悲鴻馬畫，羅塔・昆特・布漢從小是個繪畫天才，他也非常喜歡水彩，他的姪子也是史坦伯格人，正好是我的牙醫，診所裡全掛滿了布漢早期的水彩，那些水彩有中國水墨畫的味道，難怪他本人那麼欣賞齊白石，他在七〇年代起收藏中國藝術品，那些古玩或畫作雖然是傳統的東西，但被他收集，就像他收藏的印象派和藍騎士畫派，便帶有那麼一點現代感及他自己個人的品味。

這樣的一個城市是台北縣的姊妹城。每年從台北來的藝術家或團體會來史坦伯格做客訪問或表演，今年由汪其楣帶領的豫劇團在此表演過，在這個神奇的湖邊，這裡的觀眾崇尚東方文化，他們絕大多數沒去過台北縣，在他們的想像，那裡充滿了晚清山水畫的景致，那裡的人有八大山人的情懷。布漢博物館目前正在展出中國週。

台北縣人，有空你不妨來史坦伯格，看看這位姊妹。

我就是馬可孛羅

「我就是馬可孛羅。」譚盾坐在慕尼黑一家咖啡館裡發出驚人之語。不但如此，他還說，他之所以創作歌劇，原因是「都聽不到好的現代作曲，乾脆自己作一個。」旅美華人作曲家譚盾的歌劇作品「馬可孛羅」前不久在慕尼黑開始其世界巡迴的首站演出，引起歐洲樂界一陣騷動。一些歐陸音樂學者給予「馬可孛羅」很高的評價，有人甚至公開表示，「馬可孛羅」是現代西方歌劇發展的一個里程碑。「我自己也覺得莫名其妙，」譚盾優閒而坦白地表示，「整個過程中，有太多幸運。」他說，這一個月來爲了排練而投宿劇院附近的一家旅館，「房號便是八一八」，不是幸運如何解釋這突如其來的巨大成功？不是幸運如何解釋每次排練都會激起一種前所未有的喜悅感？「其實，當初我的心願不過是想將京劇帶入西方歌劇裡而已。」

譚盾之所以與京劇結緣，原因是他曾在湖南京劇團待過一年，在湖南長大的他，形容他自己是「很野的」，楚文化的影響嘛，他說，從小聽巫樂嘛，他挺幽默地自嘲著。其實他是文革那一代由「廢墟站起來」的創作者，雖然在哥倫比亞大學完成其音樂學業，但是無論如何還是褪不了那永恆「自修者」的色彩。他也說，與其說自修，倒不如說是「自我完成」，這也是爲什麼他始終堅持一股尋找自我的動力，他說，提到他的作品，很多人總是會提到「東西音樂結合的問題」，其實，他並沒有興趣去結合兩種截然不同的文化，他只是想藉此過程去找到個人的音樂語言。

至於西方音樂，他在十九歲那年第一次聽到貝多芬，從此展開其音樂及精神之旅，從此他變成馬可孛羅，爲什麼？因爲馬可孛羅從西方來到東方，而東方的繁華成爲其生命中最重要的一章，而他「從湖南鄉下來到西方，一樣爲眩目的西方現代文化而著迷」，在紐約那麼多年，他沉浸在西方藝術環境中，從古典到現代，由「湘西趕屍」到碧娜．鮑許及羅伯．威爾遜，他對現代西方文化的悸動肯定不會亞於馬可孛羅當初對中國文化的震驚。

「也許是年事較長，心境上也較爲成熟了，」他說，在創作馬可孛羅時，他拋棄了哲理和觀念的包袱，也不再像過去那麼注重前衛和理想性，現在呢？是完全的自然，也由於這個改變，譚盾在「馬可孛羅」中塑造了西方歌劇前所未見的風格，同時，他說，他比以往更能享受音樂的魔力及樂趣。

在「馬可孛羅」一片叫好聲中，慕尼黑木法塔劇場連連爆滿，欲罷不能，不但如此，世界各地歌劇院的邀約不斷，包括紐約歌劇院、法國南西國立劇院、挪威戲劇節及蘇格蘭等地都在等他點頭，而「馬可孛羅」除了在本月將由 SONY 公司發行有聲帶外，同時也將繼續其世界之旅，下一站是阿姆斯特丹，然後一九九八年二月是香港。

雖然「馬可孛羅」備受西方樂界推崇，但是譚盾最感興奮的還是到東方的演出，他說，他很期待知道東方人尤其是華人對「馬可孛羅」的看法，這趟由東方到西方再回到東方的旅程，不但是音樂、地域的旅程，更是精神之旅，是他個人孤獨旅途的紀錄，許多接觸西方文化經驗的中國人，一定也會在譚盾的作品中找出共鳴。

或許，不但譚盾是「馬可孛羅」，人人都是「馬可孛羅」。

（一九九七）

所謂台灣氣質

這是一次非常長的謝幕。熱情有加並且哨聲連連的觀眾，正給歐洲首演的「水月」掌聲，雲門舞集的舞者既不沾沾自喜，也不卑不亢地站在近兩千名觀眾前，水的流動聲還在身邊，時間似乎已完全靜止。

這可能是林懷民所說的「台灣氣質」。就是這麼長這麼漂亮的謝幕讓他心動，現在他又繼續編舞，所幸自「流浪者之歌」以來，編舞於他猶如乩童附靈，有一種超越於他的力量去指使他編下去，也許可稱之爲生命之奧祕。

總之，這裡是柏林，這裡是柏林德意志歌劇院。這裡擁有忠實的雲門舞集觀眾，這裡是曾經熱愛過巴洛克及洛可可風格的德意志民族，他們剛剛跟隨「水月」到了一個沒有性別、沒有情節事件，甚至沒有邊境的國度，在那裡，人與空間的關係全然改變，時間已成爲幻覺。

「不可思議的身體，不可思議的舞者能量」，這是此地舞評家的評語，明天會出現在世界報。巴哈無伴奏大提琴如此單調並沉沉地響著，那是他過去與神的對話，「水月」以太極般的舞蹈去捕捉音符及流動之影，呈現極簡主義和佛禪原本互通的美學，生命不但是幻象，連舞蹈也是幻象。

「呼吸」和「重心」是瑪莎·葛蘭姆舞蹈的精髓，但那是西方文明，是希臘風格的悲劇力量，林懷民受中國身術影響，找到了他的「呼吸」與「重心」。「與瑪莎·葛蘭姆一樣，但也完全不一樣」，在他的世界中，人自然地活著，善神與惡神同時受人膜拜，他的「水月」則沒有開始也沒有結束，一切如氣之流動，如純粹的巴哈。

沒有看過蓮花，以爲蓮花長在樹上的瑪莎·葛蘭姆，一輩子都不知道太極可以發展如此的舞蹈語彙，身體的可能性沒有極限，舞者的節奏減慢，但動作仍如此繁複，元素簡化，但舞台的能量擴張。在鏡子的反射下，或天光雲影，或鏡花水月，已和調了所有的生命衝突，至此，林懷民賦予現代舞蹈無與倫比的思想性。

當水聲出現，水汩汩在舞台上流出時，匍匐在水流之上的舞者，正如恆河的沐浴者，或逝者，如一場死亡，也如一場新生，一切雖爲幻象，但生命持續，而歐洲觀眾正屏息地望著舞台，舞台上一切逐漸消失，只剩一輪水中月影。

然後連水中月影也消失時，柏林德意志歌劇院觀眾如雷的掌聲便響起來了，是的，這又是一次非常長的謝幕。

（一九九九）

最美的東西最令人痛

劇院壁燈趨向黯淡，大幕開啓，歷史進入回溯。當新港家族照片出現在銀幕上時，久陳的記憶和夢幻被喚醒，動人心魄的照片不得不使人動容。

記憶如此美好，記憶也如斯殘酷。現在，台灣的歷史記憶以黑白的光影和刻骨銘心的身姿走入柏林，走入著名的席勒劇院。

這裡是圍牆倒塌十年的柏林。另一個歷史傷痕累累的城市，一九四二年一月二十三日，納粹黨人當街屠殺猶太人，五十年後，紀念猶太人的紀念碑在柏林豎起：「歷史將不容再度重演。」

「如果你在別的地方想念家人，你看到大海，你便會想起家人……」雅美族長者的智慧在耳邊響起，提示了我們對那個時代的想像。我們從來不在的那個時代。那個時代開出碩大美好的花朵，那個時代失散了無數親人骨肉。

這裡是席勒劇院。今夜是林懷民表演史上嶄新的一頁，走過類似歷史命運的德國群眾，一樣能明白島嶼的沉默與噤聲，一樣明瞭那個無聲無息的國度。舞者引聲「家族合唱」，但走路不發出聲音，有的是群眾的腳步，有的是集體潛意識的逃躲。你是哪裡人呢？被採訪者的回音繚繞在劇場上空，久久不散。

新港家族照片上的人物還活著，舞台上的人卻扛走一具具屍體。「生存的恐懼」在彼時海島上蔓延，但林懷民的舞台更多是掙扎的女性，沒有臉孔失去父土的女兒、綁小腳受盡屈辱的新娘、河邊洗髮的女子，暗夜等待失蹤家人回來的母親啊，台灣像一朵碩大的花，而花片已被暴力擷除。

尋覓身分認同的人無法發聲說話，甚至無法唱歌。水潑了他一身，刑求使他不支倒地；納粹人要猶太人去洗澡，之後，他們全死在瓦斯房中，死前連叫喊也沒有。

舞台上的舞者連吶喊也沒有，他們的動作如此小心翼翼，惟恐洩漏深藏的怨怒。仇恨與懷疑扭曲了自然，身體不再是華麗的所在，靈魂和靈魂只能短暫交會，「最美的東西最令人痛」。林懷民的永恆質疑都在舞蹈中，他以舞蹈思考，把詢問探向柏林觀眾，而他說服了他們。他鼓舞了他們。柏林的觀眾成爲無聲的觀眾，他們爲台灣人的故事而噤聲屏息，他們很多人眼中甚至還含著淚。

等待父親的人終於發現父親已死了。威權時代過去了。至少，我們還活著。當放水燈在夜空的河邊流動時，坐在柏林席勒劇院的觀眾終於明白了一首屬於台灣人的歷史輓歌，一首淒美、哀怨、動人之歌。掌聲幾乎同時熱烈地響起，久久不歇，甚至愈來愈強勁有力。

（二〇〇〇）

我們不僅有故宮

故宮的寶物箱正像潘朵拉的盒子，打開了許多問題。全世界恐怕沒有一個博物館的歷史像故宮如此流離顛沛，而其政治和文化指涉如此複雜。它成立了將近八十年，原來是明清皇室的收藏品，清朝結束後，國民政府將收藏品由最後一個皇帝溥儀索回，成立了故宮，後來因爲抗日戰爭和國共內戰的關係，一批寶物從此不斷地在中國大陸各城市遷移。蔣介石撤退到台灣時，當時最重要的任務便是將故宮寶物帶到台灣。

最後一批文物由南京運出時，是一九四九年二月二十九日，那天是中國春節，沒有碼頭工人願意工作，國民黨海軍以加薪才說服工人裝箱，當天，毛的軍隊已渡越淮河，在裝箱時砲彈不斷射向碼頭，許多海軍家屬誓死也要上船，拿槍也趕不下，最後許多箱文物也沒上船，留在岸邊。

蔣的想法是這樣：誰擁有這些文物誰便代表正統的統治階級，毛是盜賊，是草莽，而他只是暫時輸掉內戰，他會反攻大陸，取而代之。還有，他有一個非常熱愛這些中國藝術品的妻子。而帶到台灣的都是傑出的中國古物，中國文化的精華。

幾乎大部分的台灣人都十分自豪於故宮文物，故宮就像法國羅浮宮，是國外觀光客到台灣的最重要景點。由於蔣介石將博物館蓋成古式建築，看起來就像個宮殿，小時候也是我們遠足的地方，然後我們發現裡面眞的是一個奧祕和寶藏，我們在國民黨教育下，懷抱著大中國夢想，我們學習中國歷史地理，熟背孔子或古詩，我們喜歡中國文化，想到中國時多半有那種對祖國的憂傷之情，沒有疑問，在八〇年代前，不少台灣人自認爲是中國人。而且是比較好的中國人。

那時中國經歷近代史上極爲動盪不安的文化革命，中國大陸的中國人不但沒有故宮文化，文化不但一再被迫害，且學習中國文化便是違法。如果蔣介石當時不把這些文物帶到台灣的話，這些文物也許早就被改四舊的紅衛兵砸毀了。蔣介石不但用心保護古物，興建設備良好的收藏倉庫，還花錢繼續收購許多近代流落國外的收藏品，故宮目前共有近六十五萬件文物。

我們從小站在翠玉白菜前瀏覽，看著一顆核桃如何雕刻成一隻船隻且船上人人栩栩如生，看著一幅水墨畫如何畫出一條黃河和一座座城市，看到書法家懷素如何以毛筆揮灑自如記錄自己的一生，宋代瓷器如何做成今天我們稱 café au lait 的顏色，那些絕色，山水畫家如何以墨水畫出山上的樹草，我們驚嘆、嚮往、陶醉，我們當然是那文化的一部分，且緊緊相依。

曾幾何時我才發現，我們所擁抱的是一段截體，台灣和中國大陸若是連體嬰，現在早已分割獨立了，雖然我們擁有一樣的記憶。

那時在台灣的「中國人」沒有人去過中國。一直到八六年戒嚴時期結束後，我們才得以去中國，那時許多台灣人站在長城上掉眼淚，或者對著多少古詩形容過的長江嘆息，我們從來只在書上活過，我們並不認識中國。我們去過中國之後才發現，中國根本不像我們想像的中國，而我們根本不是中國人。至少不是像中國人那種中國人。我們不僅有故宮，有民主選舉，我們還有人權和自由。

在經濟上，台灣依賴大陸，不管政府如何勸阻，愈來愈多的台商都前往大陸，台灣已逐漸空洞化。在政治上，我們離中國愈來愈遠，而且愈來愈是一個孤立的小島。以前我們被中國出賣，割讓給日本，現在我們還是覺得被中國出賣。中國說台灣是他們的一省，但中國共產黨政府從來沒有統治過台灣一天，一天都沒有。

一直到今天，台灣的眞正名字叫中華民國，但在國際上沒有人搞清楚，以爲就是中華人民共和國。一九七二年，聯合國支持中華人民共和國代替中華民國成爲常任理事國，當時台灣也許可以像東西德一樣共同出席聯合國，但蔣介石堅持漢賊不兩立，中華民國退出聯合國，從此成爲大多數國家不承認的國家，除了非洲和南美洲長期獲得台灣金援的二十個國家。

國際政治的孤立無助，便是中國不斷打壓台灣的結果，使得台灣人開始有「中國是中國，台灣是台灣」的想法，中國政府動不動便責罵台灣，使我們更不能認同，很多人跟我一樣，如果有人問我哪裡來的？是不是中國人？以前我都說我是中國人，現在我卻說我是台灣人。不幸的正是，中國政府愈堅持我們是中國人，我反而更覺得我是台灣人。

除了少數的原住民以外，絕大多數台灣人的祖先都是從中國移民而來，不同的只是時間早晚的問題。現在台灣稱爲古蹟的建築都是以前中國移民來台建蓋的作品，師傅來自大陸，來自大陸卻在台灣發財的人爲了誇耀會把建築蓋得更華麗張，此外，早期許多移民來自福建下層階級，至今一些不雅的閩南語還在民間流傳，台灣文化是什麼？幾乎除了原住民文化，其他都是漢文化傳統。以至於我有時必須問：我們的身分認同是什麼？我們的祖先來自中國，但我們曾被荷蘭佔據，被日本殖民，被歷史詛咒，被國際現實孤立，我們到底是什麼人？

故宮來德國展出必須等待十年，因台灣擔心與德國沒有邦交，屆時寶物可能會被中共索回，一直到九八年德國通過文化財產保護法後，這項展覽可能性才大增，尤其在法國巴黎羅浮宮展出相當成功。

台灣政府非常重視此次展出，因爲德國不同意台灣總統親自來參加開幕典禮，因此由夫人前來，德國外交部宣稱夫人不得演講和參加政治活動，儘管如此，台灣仍視爲外交上的勝利，因爲從來沒有總統夫人得以前來德國，而諷刺的是，台灣政府傾向

「去中國化」的政策，他們卻必須靠故宮的「中國文化」來經營外交。

台灣說，台灣拯救了故宮文物，中國說，台灣偷了文物。一項展覽引發許多不同政治解讀，但是，如果有人不知道，到今天兩岸都還處於蔣與毛的競爭，僅僅來看這項盛大豐富的展覽，可能會有這樣的想法：這些文物都是中國文化。如果台灣這麼重視故宮文物，政府為什麼近年來要不斷倡導和堅持去中國化呢？談到外交宣傳，台灣政府自認出擊成功，其實這有點像足球賽一樣，台灣踢進了一球，心裡暗自高興時，才發現我們踢到自己的球門去了。

（二〇〇三本文原以德文刊登於南德日報副刊）

現在是界定恐怖主義的時候

印度女作家阿蘭達蒂・洛伊（Arundhati Roy）可能在台灣不是太有名氣，但在歐洲卻大名鼎鼎。洛伊在九一一恐怖事件發生後，應邀在多家歐洲媒體發表文章，但她的論點引起爭議，成爲話題人物。德國著名電視主播魏克特便因引述她的言論而一度被迫辭職，造成轟動一時的「言論災」。

四十六歲的洛伊在十年前出版了她唯一也是最後的一本小說《微物之神》（中譯本天下遠見版），不但在歐洲文藝界得過獎項，並且翻譯成多國文字出版，風行一時。頗具姿色和才情的洛伊年輕時曾在義大利攻讀建築，返國後以撰寫劇本維生，並積極參與當地政治活動，成立印度反核試組織，由於發動過激烈示威，一度遭印度當局恐嚇逮捕入獄，但洛伊仍不改其作風。

九一一事件後，洛伊應邀在德國重林戰媒體《法蘭克福廣訊報》發表文章，她在文章中指出，賓拉登（中情局訓練出身）是美國總統布希的「黑暗替身」，美國政治才應爲恐怖攻擊負起責任。該文獲得德國知識界廣大共鳴，著名全國聯播網的明星新聞主播魏克特並引述她的文章表示，「美國總統布希可能不是恐怖分子，但他的思考方式與恐怖分子如出一轍，」魏克特的言論驚動了德國政治界，當時保守派基民黨主席麥克特女士（現任德國總理）立即公開要求撤換魏克特主播的職位。

魏克特因此隨及在他主持的新聞節目中向觀眾致歉，但此舉並未得到政界對他的鬆綁，反而遭到左右二派知識分子嘲笑。不過，魏致歉的說詞也令人費解，他表示為「錯誤引用洛伊的文章，誤導大眾」而道歉，令人不知所云。魏克特事件不但引起討論，並帶動了一波「洛伊熱」，許多人更想知道洛伊的想法，因此九一一事件發生後，洛伊一篇又一篇地繼續在此間媒體發表文章。

洛伊攻擊霸權美國不遺餘力，她在最近發表在《明鏡週刊》名為〈戰爭便是和平〉的散文中表示，現在是界定「恐怖主義」一詞的時候了，她說，美國發動阿富汗的軍事攻擊，傷亡的無辜百姓雖未逮九一一恐怖事件喪生的數字，但是所引發的後果一樣嚴重。

洛伊認為，儘管美國政府口口聲聲表示「賓拉登涉案證據充足」，但卻從未正式公佈任何足以致罪的證據，美國自行宣稱賓拉登便是兇手，不但不需國際法庭審判，並且「因證據充足，已無必要向國際社會公佈」，美其名「自衛」，發動的是先進武器的戰爭，這不是報復，這是另一場有辱人權的大型恐怖行動。

美國國防部長倫斯斐一再攻擊不需要的攻擊目標，愈多的炸彈丟向荒涼的阿富汗，便有愈多美國人擔心炭疽熱及另一波恐怖分子的回擊，恐懼不但和自衛攻擊同義，軍事也是「無限正義」的同義詞。

我們現在知道了：豬便是馬，女即男，「戰爭就是和平」。洛伊細數美國政府從二次大戰結束後，從韓戰以來共發動的十八次戰爭，她說美國一次又一次要向世界證明，只有美國才是正義所在，但是美國的正義對他的對手國而言，總是不義。

「無限正義是無限不義，持續和平便是持續戰爭」洛伊並抒發第三世界對富國俱樂部所結合的「反恐怖聯盟」不滿，她說，這是富國之間所共同串演的戲劇，以向民眾保證及秀出未來安全的可能，多數參加聯盟的國家都是武器輸出國，本身製造化學、生化及核子武器，這些國家全都參與過戰爭，不但必須爲人類和平負責，也必須爲後來所培養的獨裁政權造成的世界動亂負責。

洛伊一向極力反對西方國家的武器輸出，她經常攻擊美國所謂自由市場及消費文化，甚至其不寬容的文化觀。幾年前，她便曾嚴厲地質問：「美國除了強大及先進的武器，還有什麼？」洛伊說，這不是一場道德之戰，也不是正義之戰，這是一場關於「獨裁」和「寬容」的戰爭。

洛伊並說，「美國不但不寬容且趾高氣揚」，她以紐約市長朱利安尼爲例，沙烏地阿拉伯王子在拜訪過紐約雙子星廢墟後，慨然捐出一千萬美元，他同時向美國政府提出建言，認爲恐怖分子的攻擊行動與美國的中東政策有關，此言一出，朱利安尼立刻退還千萬捐款，「驕傲是一種奢侈，只有像美國這種富國才負擔得起？」

洛伊以其犀利和優美的文字征服不少歐洲副刊讀者，她在一些文章中也針對阿富汗神學士、北方聯盟及不同族群問題提出見解，偶爾她也批評印、巴在喀什米爾的衝突問題，但由她行文的語氣，比較感受到她對戰爭結束盼望殷切，這一次，她從過去反西方文化的立場過渡到反美與反戰的立場。是的，反戰，她說，尤其是這一場毫無目的和內容的戰爭。

（二〇〇二）

素描教宗本篤十六世

絕頂聰明，神學權威，生性害羞，不喜運動，聲音細微，用字精準，姿態稍低，但立意至堅，捍衛天主教傳統不遺餘力。新任教宗本篤十六世給人的印象並不德國，但他卻是一千年來第一位德國籍教宗。

本名拉辛格的新教宗本篤十六世剛過七十八歲生日，牡羊座，是藝術愛好者，也是音樂狂，他獨處時常彈琴自娛。他在梵蒂岡和六位樞機主教分住一棟樓房，他在曾執教的雷根斯堡小鎮也有宿舍，兩地都有鋼琴，他的琴彈得很好，「只比哥哥稍微差一點。」拉辛格曾經自謙。

拉辛格的哥哥葛奧格．拉辛格也是神學家，除了神父職，還在雷根斯堡擔任少年合唱團指揮。兄弟兩人感情很好，拉辛格偶爾也唱歌，但他更喜歡彈巴哈和莫札特，他常往返於梵蒂岡和故鄉巴伐利亞間，返鄉時，家鄉人以皮褲和家鄉音樂歡迎他，他有時也會應景喝一杯啤酒，不過大多數時候，他只喝芬達汽水。

當教廷十九日宣布拉辛格繼任新教宗時，德國人喜出望外，大多數人深感驕傲，少數人則憂心未來天主教保守勢力抬頭。而本篤十六世的哥哥則當著電視機說，「我擔心弟弟身體健康不好，將無法負荷此神聖天職」。

「我們是教宗！」德國銷售量最大的報紙《畫報》則以極大標題跨版刊登，這分右派報紙並以數頁篇幅登出德國境內對本篤十六世當選的熱烈反應，這個報紙標題具體說明德國人的心情，也將成爲歷史的一部份。但同時，左派親綠黨的柏林日報則以全頁訃聞式的黑色頁刊出幾個字：「啊，上帝！（Oh my god！）」來表示對新任教宗的恐懼和厭惡，該報社論指出，新教宗本篤十六世是個唯天主教獨尊的基本教義派人士，他上任是個災難性的選擇，對全球民主、婦權及天主教的發展都極爲不利。

在歐洲各地，對本篤十六世膺任新教宗看法也是兩極，一些法國或比利時籍樞機主教甚至不諱言對自己落選的失望，也對本篤十六世當選感到憂心。而義大利人對該國樞機主教馬丁尼的落選毫不掩飾地表示意外，對義大利人而言，選出德國教宗也未免太古怪了。

拉辛格是千年以來第一位德國教宗，誕生於巴伐利亞的馬特爾鎭，他的家鄉位於德奧邊境，人口只有兩千，小鎭在新教宗選出後已被世界各國媒體包圍，整個巴伐利亞地區則喜氣洋洋，許多麵包店爭相推出「梵蒂岡麵包」或「本篤十六世蛋糕」，連啤酒也要印上新教宗的照片，大家喝了才過癮。

拉辛格生於警察家庭，除了哥哥還有位姊姊，他年輕時曾被迫加入納粹青年團及納綷軍隊，後因逃兵一度被美軍俘虜。他曾在懷辛等地上學，廿四歲便在巴伐利亞成爲神父，精通神學理論和辨證，卅二歲便是神學教授，也是德國有史以來最年輕的神學教授。

六八年歐洲鬧學生運動時，拉辛格正好在杜賓根大學教神學，那時他還爲自由派大力說話，但在那場學生運動後，他的立場丕然大變。他回到天主教重鎮、保守氣息濃厚的巴伐利亞，宗教立場日趨保守，曾一度表示，只有天主教才代表教會，在基督教徒和天主教徒各占三分之一的德國，拉辛格的言論早就引起境內非天主教的基督教徒懷疑和反感。

拉辛格是前教宗若望保祿二世最親信的幕僚，若望保祿二世在位時，他是梵蒂岡權力僅次於教宗的神職人員。他口才便給，但生性低調，講話時常迴避與人眼光接觸，聲音細微，但他在德國卻有無數崇拜者，包括名流。巴伐利亞省長史托伯便是其中之一，「他是我一生中所見過最有智慧的人！」

德國媒體對拉辛格也褒多於貶，主要原因是拉辛格風格獨具，有知識分子風範，他在神學研究領域發表的著作近四十種，雖是天主教保守派，但對神學的詮釋準確不偏頗，這也是教宗若望保祿二世在一九八一年說服他到羅馬擔任信理部部長的原因。

在拉辛格來到教廷後，教宗發表的言論幾乎都由拉辛格最後定案出手，他也是教宗每周固定要私下見面討論大事的人。由於若望保祿二世和拉辛格都是語言天才，精通多國語言，兩人談話時用德文，拉辛格也會說點波蘭文。

本篤十六世對信仰和意見從不讓步，他和不同的教義理論派常有辯論，且都有備而來，他甚至可和德國社會學大師哈伯瑪斯對談，無神論的哈伯瑪斯說過他和拉辛格很能聊，也推崇後者是一代辯才。

梵蒂岡日後將由拉辛格主導，假以時日，歷史將會見證他是否是一代宗教家。

（二〇〇五）

教廷中無女人？

梵蒂岡不大，但天主教對全球的影響卻十分深鉅，而教廷世界從來由男性主導，女性沒有發言權，去年，教廷發表了一項抨擊女性主義的文件，引起兩極的看法。新任教宗選出後，不但女性在天主教會可否擔任神職問題會再度被提出，女性在日常生活中應扮演何等角色，甚至於應否避孕墮胎，勢必成爲新任教宗無可逃避的議題。

教廷過去曾表示，女人擔任神職是對天主教義的一種褻瀆。依照聖經，耶穌基督只選擇男性做爲使者，女性只允許擔任追隨使者的下級工作。目前在教廷工作的女性多半只是秘書級和行政執事，最高階層也只到紅衣主教會議團的次等秘書長，這已是十六世紀以來第一次任命女人出任該職，由義大利修女羅珊娜女士擔任。而男性天主教神父愈來愈少，也是女性修女必須負擔更多教會幕後工作的主要原因之一，教廷機關較具重要性的行政工作約有四百個，其中百分之十由修女擔任。修教士自身應否結婚也是另一個教廷的宗教思想命題。

已逝的教宗保祿二世非常重視修教士的教育，因此過去有許多修女在教宗的號召下，前來梵蒂岡大學進修，去年，教宗任命哈佛大學法律教授克烈東修女負責該大學課程安排並擔任教廷社會議題顧問，她也是在教廷地位最高及影響力最大的女人。

在婦權主義的衝擊下，天主教會的改革派很早以前便發出過疑問：爲什麼女性不得在天主教會裡擔任神職？這難道不是天主教會的一大錯誤？過去，除了在冷戰時期，東歐一些天主教會曾秘密地任命女性擔任神父外，幾年前，英國國教徒教會也有女性在祭壇前宣誓，之後，女性可否擔任神職論題便在歐洲地區引起廣泛的討論，而德國的老天主教會已背離教廷的宗旨，自行任命女性神職人員，是天主教派裡的首例，教廷幾年前便表達反對與不理解。

不過，教廷這幾年來對女性擔任神職人員的立場有所鬆動，一些天主教學者表示，西元一世紀，東正教會確實出現過女神父，但是西方教會則沒有這個傳統，而改革派則認爲，西方教會在西元六世紀也曾出現女神職人員，二〇〇二年起，教廷對是否可以正式任用女神職人員一事不再全力反對。

事實上，除了女性是否適合擔任神「父」工作之外，現代人的社會倫理和生活價值觀已不斷地挑戰著保守派所堅持的天主教義，諸如一般對性生活的看法，延伸至不應避孕和墮胎等問題，將帶來更多社會問題。

以德國爲例，境內二千八百萬天主教信徒中，約有五百萬名是上教堂的信徒，在這群信徒中，便有一百五十萬名信徒便曾經簽下請願書，請求教宗若望保祿二世在墮胎問題及女性擔任神父二事上能採取更寬鬆的立場。

去年，教廷信仰思想掌舵者哈辛格樞機主教發表的一份抨擊女權主義的文件令自由女性主義者感到失望，在十七頁的文件中，女權幾乎成爲同性戀和廣大的失業問題的罪魁禍首，教廷正式反對與男權對著幹的女權主義，主張女性多重視家庭和社會價值。而德裔的哈辛格主教也是有希望成爲教宗的人選。

無論如何，最近將坐在一室一起選出新教宗的人全是男性，新教宗一旦選出，過去這些在實質根本上與女性相連相屬的議題將立刻浮現，教宗若望保祿二世在政治上反共及反戰，教廷立場明確清晰，在女權問題上教宗若望保祿二世採取的保守態度，不是沒有爭議，可以預見，這些爭議將隨著新任教宗的任命而擴大。

（二〇〇五）

夢醒時分

——歐洲何去何從？

十幾年前，我剛到歐洲來擔任駐外記者時，對一張新聞照片印象極為深刻。那是德國右派總理柯爾與法國左派總統密特朗手牽手的合照，一個感性的鏡頭，兩個大男人展現親密的姿態，他們攜手打造歐盟統一，化解歐陸對立，改變了歐洲歷史，他們的牽手象徵著歐洲的未來。

那張照片還在，但其中一人已經做古多時，一人因不明獻金案，英名幾乎全毀，在德國輿論上快消失了，歐洲憲法已遭法荷表決出局，沒有人去問當初促成歐統的柯爾有何感想。而密特朗的遺孀丹妮爾密特朗本人則堅決反對歐盟憲法。

法荷之後，英國政府順應民意，將憲法表決案無限期延後，而德國媒體在境內做電話調查，百分之九十六點九的德國人也表示他們反對歐憲。茲事體大。

在歐元實施的前幾年，曾有台灣的朋友問我是否應買歐元保值？我都回以不保信心，但一旦歐元實施，自己也感受到旅行的方便，開車去義大利不必經過兩道海關，也不必兌換外幣，才開始對歐統有了好感，而歐元推出後，幣值不停上漲，使我愧對朋友。

多年前，我經常到東歐國家採訪，也訪問過許多位東歐國家元首，我記得他們不管是誰，總是三句話兩句不離歐盟，連與台灣建交與否也要看歐盟怎麼做，這些國家在人權法制上都有缺失，國內經濟雖都試者開放市場經濟，但就是沒有發展，而境內民生氣氛停滯，好像一切政策都是爲了等著歐盟統一，只有歐盟統一可以救他們。那時，我總有個疑問：那些大力宣倡歐盟統一的人，認爲只有歐統可以和美國抗衡的政客，是否來過這裡？

歐盟已經統一了，這些東歐國家也是最早通過歐憲可行的十個國家之一，而且，土耳其也還在運作加入，沒有死心。那些年，台北的朋友對歐盟興致勃勃，還問起歐統的源始如法德鋼鐵聯盟之類的事，現在呢，恐怕一些支持大中華邦聯的人也不敢再去提歐盟了。

歐盟憲法條約其實讓歐盟選民覺悟，原來歐盟統一到目前爲止只是理想，一種抄襲美國聯邦的理想，而歐盟只有理想沒有實現理想的內容，歐洲人需要的是開明改革的態度，要將理想付諸於實現，憲法條文其實便是民主二字，但很多人都抱怨，「歐憲冗長到連席哈克和施洛德都讀不完搞不懂。」

四年前，前法國總統季斯卡．德斯坦意興風發地出現在歐洲各大媒體，他是個重量級人物，誰也不會忽視他，只是，那時我便覺得他是一個Blablabla的人，他也毫不謙虛地大放厥辭。以他的背景，一部引經據典的歐洲憲法本來便並非難事，但他弄錯了，歐盟選民不但不要這部憲法，還被這冗長的條文嚇壞了。

選民對冗長的憲法沒興趣，反對的理由也不清不楚，甚至自相矛盾。一些法國選民認爲是因爲社會分配不公，希望社會有更好的保障，另一些人則認爲，東歐國家加入歐盟，搶走了他們的乳酪，而荷蘭的選民則不願歐盟政府多管事，對他們來說，多管事就要多花錢，而錢一定是從選民的荷包出來的。而德國選民甚至說，當初歐盟統一或實施歐元在德國境內都沒有公投，本來就沒有民意基礎。

說的是民主，其實更多是對現實不滿的抱怨。

號稱歐洲統一火車頭的德法兩國，經濟發展停滯，失業率大幅漲高，國內貧富差距愈來愈大，社會福利制度既不公平，又有陷入崩盤的危機，大批東歐移民擁入，但就業市場有限，一些大公司也面臨倒閉，如德國老招牌西門子公司，幾年來投資手機生意，血本無歸，現在，「連台灣人都可以買走，」德國媒體感嘆著。

要法荷二國的選民如何信任歐盟的未來會更好？事實上，西歐國家像未加入歐盟的瑞士，及未加入歐元區的英國，經濟成長率都遠比歐盟國家高，英國甚至達百分之五，失業率也明顯降低，統一的歐盟國家到底怎麼回事？

法國前任歐盟部長摩斯哥維奇對歐憲的評語是，「週日被致命砍了一刀，週三便草草埋了。」選民把對現任政府的不滿，毫不保留地發洩在歐盟憲法條約上，兩個星期之內，歐盟廿五國首長將召開高峰會，討論如何在歐盟憲法釘上墓碑。歐盟需要靜下來，歐洲統一需要的是時間。

歐盟是一頭怪獸。這頭怪獸過去急速東擴，顯得虛胖沒元氣，而歐盟憲法條約讓選民看清楚，原來統一的代價很大，且不像政客們描繪得那麼容易，歐盟的遠景原來很虛無，統一的同義詞便是付出、責任，而不只是政客所形容的市場的天堂……

歐洲人正像訂婚很久的人，到了終於要結婚時，才意識到他們即將失去自由，且財產得平分，這時，對正式婚姻才開始懷疑。政客還順水推舟，歐元無益論，甚至二重貨幣論，紛紛出籠。

那些年，爲了採訪新聞，也曾經坐在布魯塞爾的歐洲議會的咖啡廳等人，和翻譯人員閑聊，他們嘲笑同事在翻譯上常常鬧笑話，但從來沒人糾正。這種笑話不少，最近才有一個：may the force be with you，翻譯者聽成 may the 4th be with you。五月四日就會來陪你？

眞是不可思議，歐盟有二十幾種語言，誤會這麼多，彼此怎麼溝通？雖然絕大部份的歐洲議員講英文，但他們也不願強調英文的重要性，更何況，很多人也不太會說英文，像德國總理施洛德，或席哈克。

連秦始皇都知道，天下要一統，書要同文，車要同軌。語言是推動歐洲憲法最大的問題。歐盟目前不會分裂，但也不會前行。

（二〇〇五）

歐洲最大朝聖地

露德是一個有關奇蹟和顯靈的故事。

露德（Lourdes）位於庇里牛斯山山腳，是一個人口只有一萬七千人的法國小鎮，但每年不分季節總有成群結隊的旅客擁入，觀光人口僅稍稍次於巴黎，是法國第二大觀光地。到露德來的人都是專程前來，他們不像到巴黎購物的觀光客，他們全是來祈禱或朝聖。

來露德的人以祈求健康問題的人佔大多數，不少的健康旅客來朝聖和祈福，每年五百萬人從全球各地擁入這個小鎮，鎮上的旅館業和紀念品業甚或天主教祈禱用的蠟燭等用品，幾乎全供不應求。當然愈靠近教堂的蠟燭愈貴。

露德是聖女索畢候的故事，她的故事和台灣及閩南地區的媽祖林默娘有點類似，林默娘是宋代人，因年代更爲久遠，一般傳說的林默娘出生地已不可考，但露德的故居卻依然存在，她本人記載她面對顯靈的文字也留了下來。

伯娜黛特索畢候生於一八四四年的露德，父母以磨坊維生，出生後母親便發生意外無法照顧她，將她送往養母家餵養，後又返家與六個兄弟和兩個姊姊同住，幾年後索畢候差點死於霍亂，她是一個人見人愛的瘦弱女孩，因患氣喘而總是呼吸急促，但永遠是一張笑臉，有時大人無理責罵也仍然保持笑容，十四歲那年，一八五八年二月十一日，伯娜黛特與兩位姊姊到山區拾柴，過溪時，她落在姊姊後面，從此她的人生便走上宗教一途。

按照流傳的文字，伯娜黛特索畢候當時看見一位穿白衣的女士，頭上戴著頭巾，腳上戴著黃玫瑰，女人沒說話，劃了十字架的動作，然後這個畫面消失了，當索畢候第三次又看到顯靈時，白衣女士問她，是否願意兩週後在原地再相見，並且要她告訴露德教堂的神父在此建一個小祈禱間，還要她喝泉水，但索畢候並沒看到泉水，她轉身向溪流時，女士說不是，並指向一處濫泥，伯娜黛特正覺得奇怪時，泥土湧出了清澈的泉水，她喝了泉水後，白衣女士便消失了。

索畢候從此成爲修女，恭謹地追隨著白衣女士及聖經的教誨。她本人的氣喘病不斷復發，終生罹患疾病，但卻從未失去信心，一度從死亡邊緣活過來，總是爲別人祈禱，救人無數，她的事蹟逐漸引起許多人的注意，並專程到露德來祈禱。

一八五九年，法國蒙比里耶的醫學教授維傑茲在查訪後發現，在露德有愈來愈多的病癒和顯靈紀錄，一九〇五年，教宗 Pius IX 極重視此事，在露德成立了醫療辦公室，從此到露德爲健康祈福的人便逐漸增多。

在旅遊業發達的今天，露德已成爲天主教徒求病祈福的神聖選擇，旅客到露德拜訪索畢侯的故居，喝露德的泉水，走一趟索畢侯在露德遺留的蹤跡，是人生一件大事。而媒體報導也經常出現許多在露德病癒的奇蹟，信念本來有助於病情恢復，帶病帶枴杖坐輪椅前往的人士不絕於途，露德的功德國際馳名。

（二〇〇五）

我們怕得不敢出門

倫敦一遭恐怖分子攻擊，戴頭巾的人都不敢出門了。

住在紐倫堡的旅德回裔人士梅美特這兩天打電到倫敦給他的表妹，表妹家離Kings Cross很近，梅美特說，平常都戴頭巾的表妹再也不敢出門了，不是怕攻擊暴行再度發生，而是怕出門被倫敦人毆打謾罵。

梅美特表妹恐懼並不是無中生有，僅僅七日，恐怖暴行才發生一天，便有三個回裔人士在倫敦遭人打傷。九一一事件發生後的那一年，倫敦共有四百個回裔人士遭人毆打的案例，倫敦爆炸案發生後幾個小時之內，至少三萬封向回教徒復仇的恐嚇的電子郵件已寄出，言語激烈，如血債血還等。

倫敦恐怖攻擊甫發生，英國首相布萊爾立即在最快時間內與倫敦回教重量級人士會面，並且保證會商請倫敦警力協助旅英回裔人士的安全，什麼樣的安全措施？倫敦警察局局長只建議回教徒最好不要出門。

九一一事件改變了許多旅美回裔人士的生活，也造成許多回裔人士搬離了美國，前往歐洲發展，歐洲一向離回裔國家較近，雖步調和法律並不適合移民生活，但歐洲人總比美國人在九一一後的對回族人士歧視態度和緩多了。何況，大多數歐洲人都傾向反戰。倫敦也是回教移民的最愛選擇，目前至少有一百六十萬回教徒定居在倫敦。

可惜，七七爆炸事件也整個改變了倫敦回裔人士的生活。穆罕默德兩年前在離 Edgware Road 地鐵百尺不到的地點開了一家賣切烤肉的餐館，餐館地下便是引爆點，兩天以來，他的人生似乎跟著恐怖案轉了一個大彎，平常人來人往的餐館再也沒人上門了，「現在回教徒又突然全是一群兇手了！」

「我們好像必須主動證明自己不是兇手才行，」柏林的回教聯盟主席哈新這麼說。倫敦清眞寺大長老則說，「這次暴行也使得我們再一度成爲受害者，」歐洲各地的回教協會開始醞釀要走上街頭與眞正的凶手劃清界限，但這樣的遊行活動在歐洲各大城市卻不是很容易申請，柏林警察局擔心，在目前案情不明朗之前，一旦舉辦遊行，恐怕得小心新納粹分子的攪局和衝突。

不只倫敦，住在德國的回裔人士也人心惶惶，九一一事件後，因其中有三位做案的暴徒來自德國，所以，在德國的回教徒生活面貌也跟著改變，人權踐踏和種族歧視件如家常便飯，最明顯的例子，回教徒要租貸房租過程變得更複雜了，不管有沒有宗教信仰，許多人較不願出租房屋給回裔人士，再者，過去在學校或社區要申請一個祈禱室是很簡單的手續，自從九一一事件的策劃人曾經如此使用漢堡大學的祈禱室做爲聚會場所後，這項福利也很快被取消了。

柏林目前有二十幾萬名回裔人士，按照德國內政部估計，大約有四千名有可能成爲加入聖戰的回教激進份子，德國警方稱這些人爲冬眠者（Sleeper），他們未來有可能在某人號召之下，隨時加入聖戰。但德國警方也承認，他們如此估計並沒有證據，事實上，任何對回教有狂熱傾向的人很可能立刻便被視爲冬眠者。

住在巴黎的女學生法蒂瑪已是第三代移民，她讀的是巴黎精英學院，這個學院原本都是總理或部長就讀的學校，畢業後尋找工作從來不是問題，法蒂瑪說，因爲戴頭巾，她已感覺未來不會像別人那麼容易找工作，九一一後，她認爲法國人對回裔人士，尤其是戴頭巾的回裔女士不像過去那麼有禮客氣，「倫敦爆炸事件發生後，我們的日子更不會好過了。」近日才向倫敦一家金融機構寄出工作申請書的她，對於這份工作機會完全不抱希望。

（二〇〇五）

你要走到哪裡？

你無父無母，甚至無名。籃子裡都是一些誰也不需要的東西。你推著籃車沿路推銷，你走過街，等著綠燈訊號。我也等著綠燈訊號。你尋找著出路，「至少妳可以告訴我路怎麼走，」你說，但你並不知道我也是迷路的人，不但沒有理想，且缺乏熱情，我只是與你站在一起，綠燈一直不亮。

在無名的國度。

你們開始爭執，在宴會的餐桌，誰也不明瞭爭吵的內容。你說：「在感情上失去的，就從那裡要回來。」但他的生活已走到城市高樓，他知道別人在玩什麼把戲，他俯仰人間，眼睛裡閃爍著什麼，你早應該知道時光流逝可使氣氛走味，外貌改觀，你看到的星星也許是十幾萬年前發出的光，在那之後，它已墜落到銀河之外。你堅執於某種默契，偶爾你也失去信心。你早知道，但你不願意承認，我們失去的就是青春。

我們不斷透過手機約定見面時間，但從來沒達成。你大約都在基隆與馬祖海上行船，我則都在時差與心境的落差之間調適，颱風來臨前的黃昏，晚霞發出詭異的光，你偶爾和氣偶爾對人兇惡，你說快樂只是暫時，平靜才是永久，你在肉體與靈魂之間擺盪，她走後，你的人生仍然飄浮，但是你找到著陸的力量，你不願意選擇，你從未離開。離開以後，不是成長，便是衰老。

從前，他是如此不幸福，現在他去爬山，喜歡在山中漫步，流汗時不必思想，他不願意思想，穿著與眾不同的衣服，也有與眾不同的人生觀，那些山被他走過，蘆葦被來者摸過，他打算留下自己草繪的地圖，留給後人延續。如果還可以做什麼，他說，如果還可以做什麼，他想留下一些些的愛。

在一個叫福爾摩沙的地方。

沒有人要求你沉默的美德，在氛圍中你自動站出一個立場，而你描繪的島沒有具體的遠景，沒有任何承諾，你因失去立場而多言，你成爲多言者，或者是懦弱的無政府主義者，你成爲一個不喜歡自己的人。

他現在當了高官，生日那天他在昂貴的酒店開總統套房，他和幾個男女朋友慶祝生日，他們流浪了許久，他們曾打拚過，搞過革命，策劃過群眾運動，現在他們仍然沒有固定的地址，只有一張中華民國的身分證，那不是眞實的名字，以前他們在黑名單上，現在都經常出國，只是仍然不知道什麼叫度假，沒有人知道失業的滋味，革命者從來不會失業，流浪到台北，流浪到旅館房間。他們跟他們的父母一樣都是流浪者，不是遊民，也不是打領帶那種，從來不寫詩或讀詩，也從來不流淚，羅漢腳的兒子只有羅漢腳的命。

他們則費力地解讀政客的路線，試著以解讀得到選票。你解讀成你要的樣子，它便是那個樣子。如果你堅持你的信仰，你便可以如此維繫你的生活，建立你的名聲，但是你不能從中得到救贖。

說謊的人不斷地說謊，但卻不能忍受別人說謊。他們沒有能力想像眞實，被激怒後，只有以更多謊言來爭取信徒。你說：「我們一旦接受他們的遊戲規則，便被迫接受一部改寫的家國論，」從來沒有倫理不講秩序，你說，只有政治人物，他們回家後去拜他們的神祇，他們以謊言對自己催眠，累積聲望和資源。他們逐漸以爲自己成爲神。

「我們不是這樣搞政治，」你現在出門都帶祕書，你的司機爲我關上賓士車門，車子以時速兩百的速度飛走，他們的KTV如仿造的王宮，樓下是拿著手機的媽媽桑，你只要唸著芝麻開門，你便進入另一個世界；你只要拿起麥克風，對著銀幕唱歌，你就會得救。不會再有政治陷害，也不必選邊。

這裡是人生劇場。三十年前，我們只站在街上看歌仔戲或布袋戲，連電視都沒有，現在除了議會，這裡也是舞台。走進來，你便是明星。國家付錢讓你們買醉，你們在皇宮工作，職位都是公主，管他是好或壞人，是統或獨，「惡魔和好人都同價」。這是一齣發生戲劇，但什麼事都不會發生，你說，這是我們生活儀式的一部分。我們在這裡談政治做生意和買春。但是整個晚上你們爛醉如泥。

在一個叫「埋冤」的地方。

這世界就這麼沉淪也無所謂了，地震以後，你常常覺得什麼東西在你眼皮下震動著，你得抓住什麼，但你沒抓住什麼，所有發生過的事情在你腦中快速閃過，你突然以爲自己是一個死去的人，但你還活著。

我認爲，我還可以像此時此刻般活下去，也打算像如此這般地活著，沒有包袱，沒有更大的志願，只希望不癢不痛，不需要政治的正確性，也沒有債務要還清。「我已經這麼老了，」你從來沒學會妥協，你也不願意學。他帶著一批學徒南下，他們發願要學習愛這塊土地，他們認著地名街景，「這是九重葛，」「那是茭白筍，」「那是菸廠，」「他們正在收割，」學徒熟背這塊土地上種種小型歷史，並學記農民曆上的黃道吉日，他們走過河，走過石屋，他們認出老人的姓氏，並留影紀念：從前，我們只讀他們編寫的地理和史事，他們說隔海的江山才是國土，他們說，這裡只是流亡，我們活在他們塑造的假象，活在陰影的威脅下，連自己生存之島都不認識。現在我們已放棄了那些觀念，我們已立地生根，「我們活出了尊嚴，」他們理直氣壯，這裡是我們的家，這裡是我們的命運。

尊嚴，這兩個字像銀樓裡的黃金。你像二十四K金打造的觀音，你的心不容懷疑，你不但做人純正，而且如此教育兒女，他們必須擁有最好的一切，你可以做牛做馬，也可以傾家蕩產，你不要那些反對者得到勝利，反對者的政策都是錯的，你反對反對者，你必然也成爲反對者。

在一個叫中華民國的地方。

他的母親至今活在六張半榻榻米大的鄉愁中。六張半榻榻米的臥室是她的島，也是她全部的活動空間，她的家在湖南，她的家已不在湖南，五十二年來仰息於丈夫和子女，再也沒去過湖南的她，現在有一個氧氣供應器，她的女兒有一個外國丈夫，你們以爲這裡是哪裡，你們以爲你們是誰，她從來沒有一天吃過台灣小吃也沒吃過外國飯，端午節時有人送來湖南粽子，母親再也不進食物了，在大白天，她說，開燈開燈，什麼也看不到。她把遺囑收藏在不同的地方，他偷偷地到處地找出來讀：只希望死後埋葬在這個島。這個叫鄉愁的島。

母殤日那天他出國考察，錢哪裡好賺就去哪裡，他不相信「產業空洞化」這種空洞名詞，他只發現島民的特性是好鬥及好大喜功，賺大錢後，他捐錢修廟宇和蓋劇院，他發願改變島民的氣質，一片好心好意，只因愛這片土地，「我們只有這個島，」他常常說，這個島是個好地方，只是三分之一的國家預算必須買武器，你知不知道花蓮有人專門刻做紅龜糕的木砧，宜蘭有人白天賣豬腳麵線，晚上組團唱北管。

她是最不會與父親相處的女兒，從來不知道應該用什麼態度和父親說話，缺乏共同的話題，以至於無法啓齒，他們從來不曾聊天。就算扮演，她也不會，「連我都覺得自己是陌生人，」倘若因記憶召喚而生起愧疚，她的身子傾斜，聲細如蚊，「爸，那我走了。」父親只有威權的聲音和種種歧見，使她不敢繼續談話，父親是中國父親，雖然已經不再中國了，從來視革命爲畏途的女兒，從來視人際關係爲畏途的女兒，卻不可能親近。

在一個叫「台澎金馬」或者「中華台北」的地方。

你已經沒有可去之處。你以爲你去了所有可去之處，你有各國的簽證，你其實步履蹣跚，獨自在酒店喝酒，把旅途想成你人生的樣子，他們打錯電話，該找的人不是你，「那你又是誰呢？」有人最終這麼問。「我是誰呢？」你應該承認自己也在詢問著相同的問題，你以爲你已走到盡頭了，你以爲你找到了答案，你一探究竟走近，那標示上只劃了一個莫名其妙的符號。

過程便是一切，馬克思說。目標沒有意義，你說。你活了大半生，卻覺得還有什麼未完成已經走到島嶼的邊緣了。童年消失後，只覺得熱與苦。從來，這裡充滿著聲音，是的，各種聲音交會後，成爲嘈雜的噪音，我閉耳觀息，耳裡仍然是聲音，我試著安靜，但卻逐漸飄浮在聲浪中。一個剛學會走路的小孩快步在海灘上走著，他的父親在後面喊：你要走到哪裡？小孩停步了，他回頭看著一個路人。

在一個叫台灣的地方。

（二〇〇一）

〈跋〉

記憶啊，請別棄我而去

無論殘酷或美好，你無法抹除記憶，無法像擦去玻璃上的霧那麼抹除。記憶有時躲在一個角落，有時難堪，有時欣然，有時出人意外，更有時，排山倒海，無所不在，時間之鏡就算鋪滿灰塵，一旦面對，便無所遁形。

但是，記憶是幸福的啊。記憶像一隻柔軟的手，輕輕地撫摸著你，記憶有著美好溫和的外表，記憶就像流動的窗外風景，就像某人身上的肥皂香味，就像一首悅耳動聽的歌，雖然，氣味逐漸消失，而那歌的旋律已難辨認，不復辨認，如白雲蒼狗，如過眼雲煙。

一隻鳥有沒有記憶呢？或一匹馬？或海豚？我常常混淆夢和事實，我的夢中景象出現在記憶中，正如我在夢中回憶著生活，我像個夢遊者，像使用過時地圖的遊客，尋找著已不再存在的路標，遊離於現實與想像之間，飄浮在記憶和遺忘的邊界。

因爲記憶，否則遺忘，我寫下來。

或者我離開男人。他說，不，你將會記得我，你將會把我置於一個記憶的抽屜，在一些深夜時刻，你會打開這個抽屜，便會想起我，而每當想起我時，你便會後悔。他的話像魔咒，有好多年，我一直記得他。但我未後悔。

又或者，我離開了童年，帶走一些花與夜空的記憶，我從家裏的花園摘了梔子花，送給那時世界上唯一注意到我的人，我的小學老師，我始終記得她嗅著花香，整張臉像花一般燦爛地笑著；而在無憂無慮也無人愛的夏夜，我獨自躺在草地上數著星星，計畫如何離家出走，在台北郊外的河邊送走一艘艘紙船。

記憶是開放的，像一個房間。像一個開著窗戶的圖書館，春風吹進來，月光照進來，回憶像一間房間，一個張大眼睛的房間，目想耳存，冥冥中有人不停地注視著你，你的安靜或不安，你的憂鬱或狂喜，你的詛咒或喃喃自語，時間不停消失，不停消失，而房間仍然存在，仍然注視著離去的你。

我記得別人遺忘的記憶，是的，一些我愛過的人，我記得他們如何吃蛋或洗澡，我記得他們走路的樣子。我的母親也記得我的笑聲，她剪過多少次我的頭髮，她仍然記得當時我身上的味道，以及在初潮時我將內褲掩藏在何處，那是我已成爲女人。

每天與我擦肩而過的人，他們記得我嗎？我皺著眉頭看著這世界的臉？我常常在路上遇見的狗，那隻兒時叫 yes 的狗還記得我嗎？也許牠的靈魂記得我，也許，我前世的靈魂記得我，雖然我常常遺忘，雖然，我渾然不知，雖然，欲望逐漸佔據我的心，爾後，空虛的思維守駐我的身體。

記憶是所有我去過的城，所有的悲哀和繁華，城市的身世，盤據在城市上空的精靈，那些快樂或心傷的戀人，悲歡離合，記憶是我走過的路，不管是大街或小巷，不管是魯莽或謹慎擔心，我遇見那些煙視媚行的女人，彷彿城府很深的男人，比大人懂事的小孩，如頑童般的老人，有時我突然停下來：我要往那裏走呢？我怎麼記得我來時的目標呢？

記憶啊，別背棄我而去。下次我們相遇時，請別嘲笑我，也不要失望，我將記得你的名字，我將永遠記得，在孤獨的時刻，在神采飛揚的時刻，你總是提醒我，即便在最無奈的人生轉角處，你總是提醒我，記憶也需要一些勇氣和信心。而我但願，在任何時刻，當我面對你時，都不會靦覥或悔恨。

你如何購買大田出版的書？

這裡提供你幾種購書方式，讓你更方便擁有知識的入口。

一、書店購買方式：

你可以直接到全省的連鎖書店或地方書店購買，
而當你在書店找不到我們的書時，請大膽地向店員詢問！

二、信用卡訂閱方式：

你也可以填妥「信用卡訂購單」傳真到04-23597123
（信用卡訂購單索取專線04-23595819轉232）

三、郵政劃撥方式：

戶名：知己圖書股份有限公司　　帳號：15060393
通訊欄上請填妥叢書編號、書名、定價、總金額。

四、網路購書方式：

一般會員──不論本數均為9折，購買金額600元以下需加運費50元。
VIP會員──不論本數均為76折，購買金額600元以下需加運費50元。
目前的付款方式：1.線上刷卡（網路上會有說明）2.信用卡傳真3.劃撥（大田帳號15060393／戶名：知己圖書股份有限公司）4.ATM

五、購書折扣優惠：

10本以下均為9折，購買金額600元以下需加運費50元；團訂10本以上可打八折，但不能在網路上下單，可以直接劃撥或用信用卡訂購單傳真的方式。

六、購書詢問：

非常感謝你對大田出版社的支持，如果有任何購書上的疑問請你直接打服務專線04-23595819或傳真04-23597123，以及Email:itmt@ms55.hinet.net
我們將有專人為你提供完善的服務。

大田出版天天陪你一起讀好書！

歡迎光臨大田網站 http://www.titan3.com.tw
可以獲得最新最熱門的新書資訊及作者最新的動態，如果有任何意見，
歡迎寫信與我們聯絡 titan3@ms22.hinet.net。

歡迎光臨納尼亞傳奇中文官方網站 http://www.titan3.com.tw/narnia

朵朵小語官方網站 http://www.titan3.com.tw/flower

歡迎進入 http://epaper.pchome.com.tw

打入你喜愛的作者名：朵朵、紅膠囊、新井一二三、南方朔、萬歲少女、恩佐，就可以看到他們最新發表的電

國家圖書館出版品預行編目資料

德國時間／陳玉慧著；－－初版.－－臺北市：大田出版；臺北市：知己總經銷，民96

面；　公分.－－(智慧田；077)

ISBN 978-986-179-047-3(平裝)

855　　96005834

智慧田 077

德國時間

作者：陳玉慧
發行人：吳怡芬
出版者：大田出版有限公司
台北市 106 羅斯福路二段 95 號 4 樓之 3
E-mail:titan3@ms22.hinet.net
http://www.titan3.com.tw
編輯部專線（02）23696315
傳真（02）23691275
【如果您對本書或本出版公司有任何意見，歡迎來電】
行政院新聞局版台業字第 397 號
法律顧問：甘龍強律師

總編輯：莊培園
主編：蔡鳳儀　編輯：蔡曉玲
企劃統籌：胡弘一　助理企劃：蔡雨蓁
網路編輯：陳詩韻
校對：陳佩伶／蘇淑惠／陳玉慧
印製：知文企業（股）公司・(04)23581803
初版：2007 年（民 96）五月三十日
定價：新台幣 220 元

總經銷：知己圖書股份有限公司
（台北公司）台北市 106 羅斯福路二段 95 號 4 樓之 3
TEL:(02)23672044・23672047　FAX:(02)23635741
郵政劃撥　戶名：知己圖書股份有限公司　帳號：15060393
（台中公司）台中市 407 工業 30 路 1 號
TEL:(04)23595819　FAX:(04)23595493

國際書碼：ISBN 978-986-179-047-3/CIP:855/96005834
Printed in Taiwan

廣告回郵
北區郵政管理局登記證北台字1764號
免貼郵票

大田出版有限公司　編輯部收

地址：台北市106羅斯福路二段95號4樓之3

電話：（02）23696315-6　傳真：（02）23691275

E-mail：titan3@ms22.hinet.net

地址：

姓名：

※請沿虛線剪下，對摺裝訂寄回，謝謝！

TITAN
大田出版

智慧與美麗的許諾之地

※請沿虛線剪下，對摺裝訂寄回，謝謝！

閱讀是享樂的原貌，閱讀是隨時隨地可以展開的精神冒險。

因為你發現了這本書，所以你閱讀了。我們相信你，肯定有許多想法、感受！

讀者回函

你可能是各種年齡、各種職業、各種學校、各種收入的代表，
這些社會身分雖然不重要，但是，我們希望在下一本書中也能找到你。

名字／＿＿＿＿＿＿＿＿ **性別／**□女 □男 **出生／**＿＿＿年＿＿＿月＿＿＿日

教育程度／＿＿＿＿＿＿＿＿＿＿

職業：□ 學生 □ 教師 □ 內勤職員 □ 家庭主婦
□ SOHO族 □ 企業主管 □ 服務業 □ 製造業
□ 醫藥護理 □ 軍警 □ 資訊業 □ 銷售業務
□ 其他 ＿＿＿＿＿＿＿＿

E-mail/ ＿＿＿＿＿＿＿＿＿＿＿＿＿＿ 電話/ ＿＿＿＿＿＿＿＿

聯絡地址：＿＿＿＿＿＿＿＿＿＿＿＿＿＿＿＿＿＿＿＿

你如何發現這本書的？ **書名：德國時間**

□書店閒逛時＿＿＿＿＿書店 □不小心翻到報紙廣告（哪一份報？）＿＿＿＿＿

□朋友的男朋友（女朋友）灑狗血推薦 □聽到DJ在介紹＿＿＿＿＿＿＿＿

□其他各種可能性，是編輯沒想到的＿＿＿＿＿＿＿＿＿＿＿＿＿＿＿

你或許常常愛上新的咖啡廣告、新的偶像明星、新的衣服、新的香水……
但是，你怎麼愛上一本新書的？

□我覺得還滿便宜的啦！ □我被內容感動 □我對本書作者的作品有蒐集癖
□我最喜歡有贈品的書 □老實講「貴出版社」的整體包裝還滿 High 的 □以上皆非 □可能還有其他說法，請告訴我們你的說法

＿＿＿＿＿＿＿＿＿＿＿＿＿＿＿＿＿＿＿＿＿＿＿＿＿＿＿＿＿＿＿＿

你一定有不同凡響的閱讀嗜好，請告訴我們：

□ 哲學 □ 心理學 □ 宗教 □ 自然生態 □ 流行趨勢 □ 醫療保健
□ 財經企管 □ 史地 □ 傳記 □ 文學 □ 散文 □ 原住民
□ 小說 □ 親子叢書 □ 休閒旅遊□ 其他 ＿＿＿＿＿＿＿＿＿＿

一切的對談，都希望能夠彼此了解，否則溝通便無意義。
當然，如果你不把意見寄回來，我們也沒「轍」！
但是，都已經這樣掏心掏肺了，你還在猶豫什麼呢？
請說出對本書的其他意見：

大田出版有限公司編輯部 感謝您！